成长图书馆

经典图画书导读

周崇弘 赖丽玮 林银兴 廖 瑜 编

中国人民大学出版社

·北京·

本书编委会

主　任：王余光　李东来

副主任：冯　玲　杜燕翔

编　委：周崇弘　赖丽玮　林银兴　廖　瑜

图画书阅读
从经典开始

　　图画书，作为一种特定的少儿读物形式，正逐渐走入人们的生活。它以精美的包装、富有表现力的图画、妙趣横生的故事为孩子们的童年打开了一扇窗。图画书，将会是孩子人生的第一本书。图画书，是大人和孩子一起读的书，爸爸妈妈带着情感朗读的声音讲故事，孩子一边用眼睛看图画，一边用耳朵听，这将会深深地烙印在孩子的记忆里。图画书，作为启发智力、熏陶情感、培养良好亲子关系的一种重要媒介，正越来越受到人们的重视，但是仍然存在许多问题。如父母不知如何为孩子选择、购买适当的图画书；不知如何去引导孩子阅读图画书；忽视了对孩子阅读兴趣的培养；忽视了图画书是充实孩子的情感世界和培养审美趋向的重要媒介等问题。因此，加强图画书的阅读指导是必要的。而指导孩子们阅读经典图画书是图画书推广工作中的重要一环。

　　什么是经典图画书？首先，它是大师创造的作品，其次，它能跨越时空、为历代儿童所喜爱。经典图画书大多是大师们精心打造的杰作。独特的创意、新奇的想象、鲜明的个性、生动的形象，无不让人惊叹、着迷；素描、版画、油画、水彩、拼贴……多样的表现手法让人应接不暇；内容看似简单，实质蕴涵着丰富的人生哲理。它不仅把阅读的快乐带给孩子们，帮助他们尽快适应社会生活，也把不可估量的精神财富带给了他们。一个从小就接触、阅读、享受经典图画书的孩子，经过长期的耳濡目染，自身的审美和修养也会逐渐提高，想象能力、创作能力的提升也将成为必然。

　　为了帮助家长和孩子选择经典图画书，我们从国内现有出版社引进的经典图画书中挑选70种具有代表性的作品编辑成册。在挑选的时候，我们遵循以下四个原则：(1) 获国际大奖的作品。如"国际安徒生奖"、美国的"凯迪克大奖"、英国的"格林纳威大奖"等获奖作品。(2) 国际知名权威推荐书目，如美国国会图书馆最佳童书、纽约公共图书馆"每个人都应该知道的100种图画书"等推荐作品。(3) 选择著名图画书创作者的作品，如安东尼·布朗、艾瑞克·卡尔、宫西达也等大师的作品。(4) 作品广为流传，并被译成多国语言。由于每一个作品都带有时代、社会与文化的特色，因此我们按照作品所属国家或地区进行划分，全书共分为六部分，代表不同国家的图画书创作特点，不仅让孩子们领略到不同的图画书风格，还可以了解世界各国的历史和风土民情，开阔视野。

　　希望这本专辑成为一粒幸福的种子，能让更多的家长和老师把这粒种子撒下去，在孩子们的心中生根发芽，从此爱上阅读，享受阅读所带来的乐趣。

目录

日本及亚洲其他地区——充满童真的图画书创作

法国——温馨浪漫的图画书创作

德国——具有民族特色的图画书创作

北欧及其他国家——精致典雅的图画书创作

美国
——自由开放的图画书创作

美国图画书的创作历史悠长。由于美国人崇尚民主自由，社会各民族大融合，图画书的创作也表现得自由开放。迄今为止，图画书数量大、题材丰富，受关注度高，有着独特的视点。图画书涉及儿童成长过程中各种各样的事情，为他们提供解决问题的方法。

美国社会各界都十分重视绘本阅读，设立的奖项名目约五十个，其中凯迪克大奖和纽伯瑞儿童文学奖是美国最具权威的绘本奖，分别设立金奖、银奖。其评选标准着重作品的艺术价值、特殊创意，每一本得奖作品都必须有"寓教于乐"的功能，让孩子在阅读的过程中开发另一个思考空间。

1. 逃家小兔——逃不掉的母爱

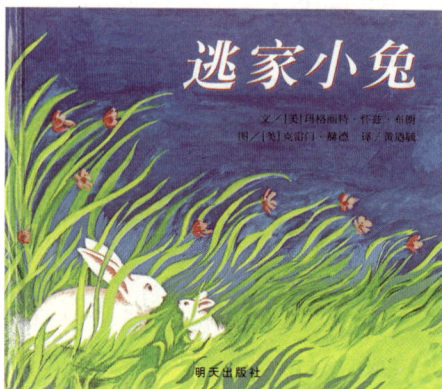

逃家小兔

书名：逃家小兔

作者：〔美〕玛格丽特·怀兹·布朗　文
　　　〔美〕克雷门·赫德　图
译者：黄迺毓
出版社：明天出版社
出版年：2008
开本：24 开
ISBN：978-7-5332-5865-8

作者简介：

　　玛格丽特·怀兹·布朗（Margaret Wise Brown），1910 年出生于纽约，她一生创作了一百多本童书，《月亮，晚安》、《逃家小兔》和《小岛》等都是不朽的佳作。她擅长用精简、游戏性、有韵味的优美文字来铺陈故事，不但能深深打动孩子的心，更能开发孩子的想象力，让他们创造出自己的诗文。

　　克雷门·赫德（Clement Hurd），1908 年出生于纽约，装饰画家。与玛格丽特合作了《月亮，晚安》、《逃家小兔》，两本都成图画书的经典之作。

内容简介：

　　一只小兔子想要离家出走，他对妈妈说："我要跑走啦！"妈妈说："你要是跑走了，我就去追你，因为你是我的小宝贝呀！"于是一场爱的捉迷藏就此展开，小兔子上天入地，可不管他扮成小河里的一条鱼、花园里的一朵花、高山上的一块石头，还是一只小鸟，身后那个紧追不舍的妈妈总是能够抓住他。最后，小兔子逃累了，变成小男孩跑回家，妈妈张开手臂抱住他，并喂给他一根象征爱的胡萝卜。这是一场在幻想中展开的欢快而又奇特的追逐游戏。

社会评价：

　　美国《学校图书馆》杂志 1966—1978 年"好中之好"童书；1972 年《纽约时报》年度最佳童书；入选美国全国教育协会"教师们推荐的 100 本童书"；入选《AB 出版人周刊》"20 世纪 100 本最佳读物"；2001 年被美国《出版者周刊》

评为"所有时代最畅销童书"（精装本）第 104 名；入选日本儿童书研究会绘本研究部编《图画书·为了孩子的 500 册》。

特点提示：

适合 3～6 岁亲子共读，7 岁以上自主阅读。

几乎每个幼小的孩子都曾在游戏中幻想过像小兔子一样离开家，用这样的方式来考验妈妈对自己的爱，而这个小兔子的经历就像他们自己的游戏一样，给他们带来了一种不可言喻的安全感。图画写实又浪漫，对画面的衔接和处理也很有创意。黑白钢笔画与彩色跨页的穿插，不仅一次又一次将故事推向高潮，也把孩子们的想象力拓展到了一个无限空间。

相关书目：

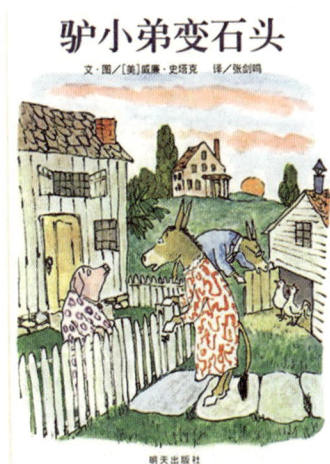

书名：驴小弟变石头
作者：[美] 威廉·史塔克/文·图
译者：张剑鸣

书名：我永远爱你
作者：[美] 汉思·威尔罕/文·图
译者：赵映雪

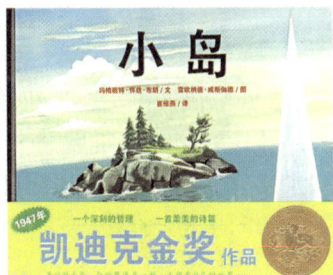

书名：小岛
作者：[美] 玛格丽特·怀兹·布朗　文
　　　[美] 雷欧纳德·威斯伽德　图
译者：崔维燕

2. 母鸡萝丝去散步——倒霉的狐狸追母鸡

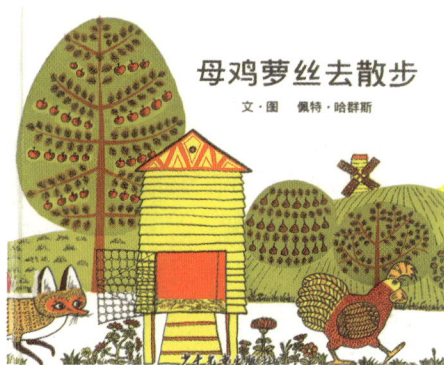

书名：母鸡萝丝去散步

作者：〔美〕佩特·哈群斯/文·图
译者：上谊出版部
出版社：少年儿童出版社
出版年：2005
开本：16 开
ISBN：7-5324-6739-2

作者简介：

佩特·哈群斯（Pat Hutchins），1942 年出生于英国约克郡，曾在利兹艺术学院深造，专攻插画。1968 年出版了处女作《母鸡萝丝去散步》，自始一举成名。其作品色彩明媚，故事幽默、简单流畅，深受全世界儿童的喜爱。主要作品有《风吹起来》、《蒂奇》、《金老爷买钟》、《晚安，猫头鹰！》以及《最坏最坏的妖兽》等三十多部。

内容简介：

母鸡萝丝走出鸡舍去散步，她走过院子，绕过池塘，越过干草堆，经过磨坊，穿过篱笆，钻过蜂房……走了一圈后按时回家吃晚饭，她昂首阔步，悠然自得，浑然不知有只饥肠辘辘的狐狸尾随其后，它一次次偷袭萝丝，可每次都以倒霉收场：先被院子里的钉耙打中头，后又一头栽到了池塘里，接着陷进了干草堆，一袋面粉洒落下来，正好将他埋了进去，最后，狐狸摔倒在手推车里并撞翻了蜂箱，被一群蜜蜂追得抱头鼠窜，落荒而逃。

社会评价：

1968 年美国《波士顿环球报》/《号角书》杂志奖图画书银奖；选纽约公共图书馆"每个人都应该知道的 100 种图画书"；美国图书馆学会年度好书推荐；《纽约时报》年度最佳童书；入选日本儿童文学者协会《世界图画书 100 选》；入选日本儿童书研究会绘本研究部编《图画书·为了孩子的 500 册》。

特点提示：

适合 3~6 岁亲子共读，7 岁以上自主阅读。

这个故事充满喜剧性，作者精心设计的种种巧合让人物间的冲突和危机在欢快的气氛中一次次地化解，狐狸的处心积虑和母鸡对一切的浑然不觉形成鲜明的对比。它的文字与图画形成一种非常滑稽的比照。单看文字，只是母鸡散步的故事，但画面中出现了一只狐狸，于是就变成一个狐狸追母鸡的故事。文字中刻意隐去的狐狸在图画中活灵活现，而生动活泼的画面也由于呆板的文字解说焕发出更大的魅力。

相关书目：

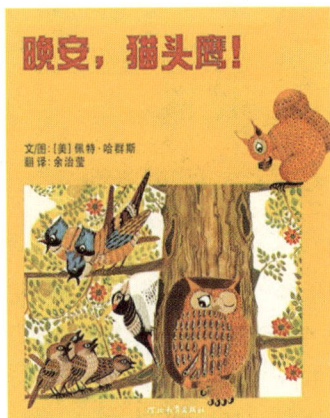

书名：晚安，猫头鹰！
作者：[美] 佩特·哈群斯/文·图
译者：余治莹

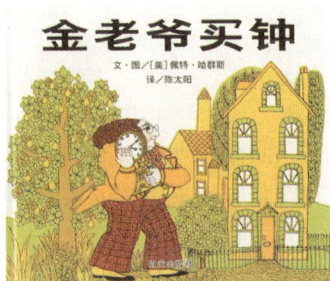

书名：金老爷买钟
作者：[美] 佩特·哈群斯/文·图
译者：陈太阳

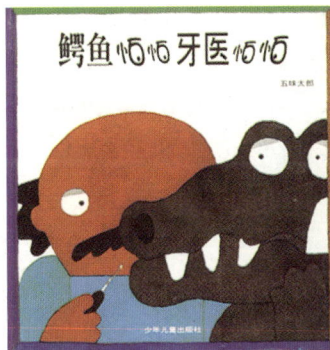

书名：鳄鱼怕怕　牙医怕怕
作者：[日] 五味太郎/文·图
译者：上谊出版部

美国

母鸡萝丝去散步

3. 爱心树——不求回报的无尽的爱

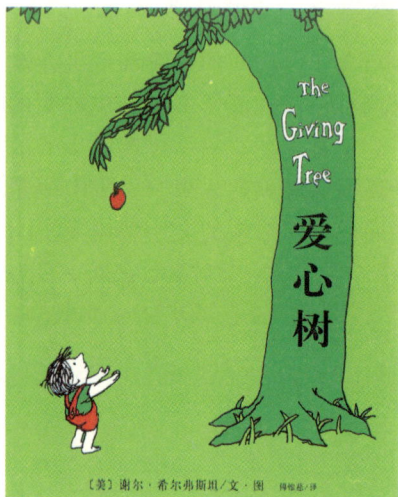

书名：爱心树

作者：[美] 谢尔·希尔弗斯坦/文·图
译者：傅惟慈
出版社：南海出版社
出版年：2007
开本：16 开
ISBN：978-7-5442-3749-9

作者简介：

谢尔·希尔弗斯坦（Sheldon Alan Silverstein），享誉世界的艺术天才，集诗人、插画家、剧作家于一身，也是 20 世纪最伟大的绘本作家之一，其作品被翻译成 30 多种语言。主要作品有《爱心树》、《阁楼上的光》、《人行道的尽头》、《失落的一角》、《谁要一只便宜的犀牛》、《稀奇古怪动物园》、《一只会开枪的狮子》等。

内容简介：

小男孩是大树的玩伴，他爬树、摘树叶、吃苹果，在树荫下乘凉，在树干上荡秋千。男孩很开心，大树也很开心。可是，男孩渐渐长大，他有了自己的朋友，不再与大树一起玩耍。男孩长大后，希望获得金钱，大树便把苹果给他去换钱；男孩需要建立家庭，大树便把树枝给他去造房；男孩对生活不满意，希望出去远航，大树便把树干给他去造船。许多年过去了，男孩变成垂暮的老人，疲倦地回到大树的身边，大树已经没有什么可以给他了，只有让男孩坐在树墩上好好休息，男孩坐下了，大树很快乐。

社会评价：

2001 年被美国《出版者周刊》评为"所有时代最畅销童书"（精装本）第 14 名；入选美国全国教育协会推荐 100 本最佳童书；入选美国全国教育协会"教师

们推荐的 100 本书"；入选美国全国教育协会"孩子们推荐的 100 本书"；入选日本儿童文学者协会编《世界图画书 100 选》；入选日本儿童书研究会绘本研究部编《图画书·为了孩子的 500 册》。

特点提示:

适合 3～6 岁亲子共读，7 岁以上自主阅读。

作品讲述了一个不断索取的男孩和一棵有求必应的大树之间的故事。图文简洁、主题深远，韵味无穷。作品以简单的钢笔画勾勒出大树和男孩的形象，大树对男孩无尽的爱好比生活中的母爱及亲情，大树的无私奉献、不计回报能触动读者的心灵深处，孩子们即便不能领略其中的哲理，也能通过读图加深对作品内容的感知和理解。

相关书目:

书名：失落的一角
作者：［美］谢尔·希尔弗斯坦/文·图
译者：陈明俊

书名：谁要一只便宜的犀牛
作者：［美］谢尔·希尔弗斯坦/文·图
译者：任溶溶

书名：稀奇古怪动物园
作者：［美］谢尔·希尔弗斯坦/文·图
译者：任溶溶

美国

爱心树

4. 打瞌睡的房子——不打瞌睡的跳蚤

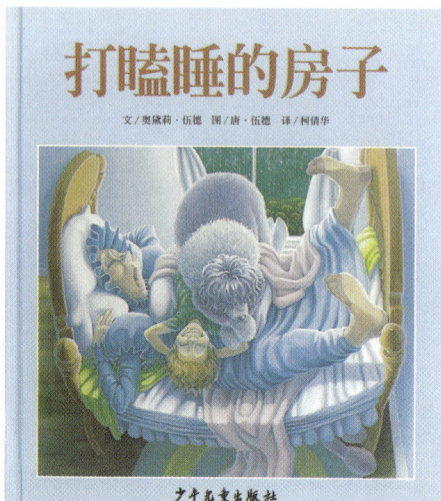

书名：打瞌睡的房子

作者：[美] 奥黛莉·伍德 文
　　　[美] 唐·伍德 图
译者：柯倩华
出版社：少年儿童出版社
出版年：2007
开本：12 开
ISBN：978-7-5324-7274-1

作者简介：

奥黛莉·伍德（Audrey Wood），杰出的女性艺术家、童书作家，与丈夫唐·伍德成为最佳拍档，创作了多本获奖佳作，获美国童书作家协会金风筝奖等。其作品有《打瞌睡的房子》、《谁要吃草莓》、《我和蟋蟀一样快》、《澡缸里的国王》等。

唐·伍德（Don Wood），从事插画工作。与妻子奥黛丽创作了多本精彩图画书，获美国童书作家协会金风筝奖等。其作品有《打瞌睡的房子》、《谁要吃草莓》、《我和蟋蟀一样快》、《澡缸里的国王》等。

内容简介：

在一个阴沉沉的雨天，打瞌睡的房子里面的人都在睡觉，而且睡得很沉很香。老奶奶睡在大床上，做梦的小孩睡在老奶奶身上，狗睡在小男孩身上，猫睡在狗身上，老鼠睡在猫身上，他们竟一个个叠到了老奶奶的身上，睡得好舒服。突然，一只不睡觉的跳蚤咬了老鼠一口，老鼠跳了起来，接着猫儿、狗儿、小孩儿一个个都惊飞了起来，最后老奶奶还快乐地压垮了床。这时天晴了，打瞌睡的房子里没有人在睡觉啦！

社会评价：

1984 年美国图书馆协会杰出童书奖；1984 年《纽约时报》最佳儿童图画书

奖；1984年美国童书作家协会金风筝奖；1984年美国全国英语教师协会最佳选书；入选纽约公共图书馆"每个人都应该知道的100种图画书"。

特点提示：

适合3～6岁亲子共读。

整个房子都在睡觉！每幅画面都催人入睡。看那酣睡的表情、随意的睡姿、安静温馨的房间，让人感到充满睡意。画面细腻、幽默，人物表情既夸张而又生动，跳蚤的出现更是让整个画面活起来。本书最大的看点是视点和颜色的变化，每一页卧室的光线都发生了微妙的变化，从灰蒙蒙的色彩慢慢地变蓝、变亮，还出现了影子。十几页过后，等到老奶奶从半空中落下来的时候，我们发现雨停了，窗外一片碧绿，卧室里照进了明黄色的阳光。

相关书目：

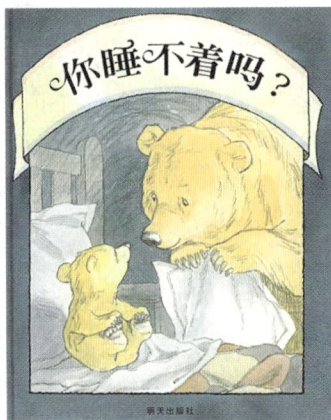

书名：你睡不着吗？
作者：［爱尔兰］马丁·韦德尔　文
　　　［爱尔兰］芭芭拉·弗斯　图
译者：潘人木

书名：晚安，小熊
作者：［德］昆特·布霍茨/文·图
译者：王星

书名：晚安，大猩猩
作者：［美］佩吉·拉特曼/文·图
译者：爱心树

打瞌睡的房子

5. 彼得的椅子——妹妹出生后的失落

书名：彼得的椅子

作者：[美] 艾兹拉·杰克·季兹/文·图
译者：孙晴峰
出版社：明天出版社
出版年：2008
开本：16 开
ISBN：978-7-5332-5805-4

作者简介：

艾兹拉·杰克·季兹（Ezra Jack Keats，1916—1983），20 世纪最重要的儿童图画书作家之一，曾获得 Caldecott 奖章。主要作品有《下雪天》、《彼得的椅子》、《彼得的信》、《彼得的眼镜》、《珍妮的帽子》等，《下雪天》为他赢得了1963 年的凯迪克奖金奖。

内容简介：

自从妈妈生了小妹妹，爸爸把彼得过去用过的东西全部都漆成了粉红色，彼得觉得被冷落了，他非常难过，于是他决定带着自己的小椅子和威利离家出走。当他想坐进小椅子里休息一会儿，却发现自己已经太大了，坐不进去了。妈妈喊他回家，他和威利都假装没听见。为了掩饰自己的窘相，他故意把一双鞋子藏到了窗帘下面，和妈妈开了一个玩笑。彼得回家了，他和爸爸坐在大人的椅子上，并提出和爸爸一起把小椅子漆成粉红色送给妹妹坐。

社会评价：

入选美国"彩虹阅读好书榜"；入选日本儿童文学者协会编《世界图画书100 选》；入选日本儿童书研究会绘本研究部编《图画书·为了孩子的 500 册》。

特点提示：

适合 3～6 岁亲子共读，7 岁以上自主阅读。

本书采用了拼贴加油画的技法，给我们留下了一种亲切的生活实感。整本书里有两种颜色最引人瞩目，一种是粉红色，一种是蓝色。粉红与蓝，一暖一冷，代表着不同的寓意。粉红色象征了一个新生命诞生的喜悦，所以摇篮、婴儿床都被漆成了粉红色；而蓝色，比如那把小椅子，则是彼得不安与孤独的微妙心理的真实写照。还有一种颜色，也非常重要，就是黄色，暗寓着彼得的成长。

相关书目：

书名：下雪天
作者：[美] 艾兹拉·杰克·季兹/文·图
译者：上谊出版部

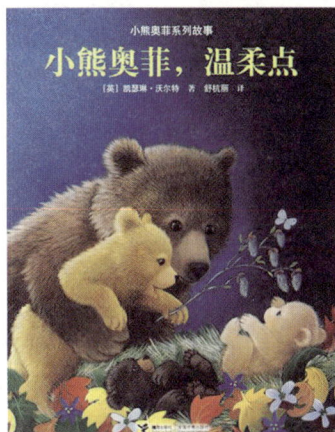

书名：小熊奥菲，温柔点
作者：[英] 凯瑟琳·沃尔特/文·图
译者：舒杭丽

书名：小凯的家不一样了
作者：[英] 安东尼·布朗/文·图
译者：余治莹

彼得的椅子

6. 花婆婆——散播人间的爱

书名：花婆婆

作者：[美] 芭芭拉·库尼/文·图
译者：方素珍
出版社：河北教育出版社
出版年：2007
开本：16 开
ISBN：978-7-5434-6460-5

作者简介：

芭芭拉·库尼（Barbara Cooney），美国最伟大的图画书画家之一。其主要作品有《卡尔·马姆伯格的阿奇和他的世界》、《毁灭岛之王》、《金嗓子和狐狸》、《驾牛篷车的人》、《艾玛画画》、《篮子月亮》等，获得 1959 年、1980 年凯迪克金奖。

内容简介：

艾丽丝曾经答应过爷爷三件事：第一件事是去很远的地方旅行，第二件事是住在海边，第三件事是做一件让世界变得更美丽的事。前两件事不难，难的是第三件事。直到有一年的春天，她发现山坡上开满了一大片蓝色、紫色和粉红色的鲁冰花时，她知道她要做的第三件事了。整个夏天，她的口袋里都装满了花种子，她把它们撒在了乡间的小路边、教堂后面，撒在了空地和高墙下面。到了第二年的春天，那些种子同时都开花了，开满了美丽的鲁冰花，她终于完成了第三件事。她现在已经非常老了，头发也白了，可她还是在不停地种花，每年都开出更多更美丽的鲁冰花，大家就叫她"花婆婆"。花婆婆给孩子们讲故事，告诉更多的孩子记得做一件让世界变得更美丽的事。

社会评价：

入选中国新闻出版总署第 5 次向全国青少年儿童推荐的百种优秀图书；美国国家图书奖；入选《美国人》杂志"新英格兰 100 本经典童书"；被美国《出版者周刊》评为"所有时代最畅销童书"；入选日本儿童书研究会绘本研究部编《图画书·为了孩子的 500 册》。

特点提示：

7岁以上自主阅读。

作者用图画和简单的文字描绘并传递了对于"美好"、"美丽"的热爱和追寻。"美丽"是这本图画书的批注。画者成熟地运用光的效果，制造出一幅幅像被光照亮的彩色画页。色彩缤纷而不散乱，以明亮的蓝和绿为主色，使画面表现出恒定感，同时传递出坚强、生动、活力，有一种充满生命力的美丽，这是关于一个人一生经历和梦想的故事，也是关于如何使世界变得更美丽的故事。

相关书目：

书名：艾玛画画
作者：[美] 凯塞尔曼 文
　　　[美] 芭芭拉·库尼 图
译者：柯倩华

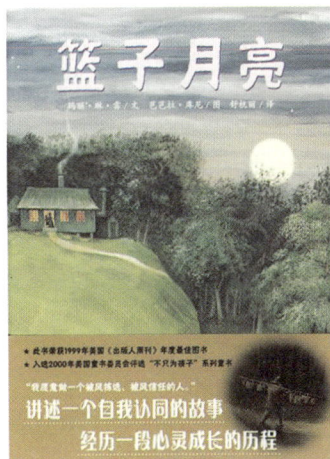

书名：篮子月亮
作者：[美] 玛丽·琳·雷 文
　　　[美] 芭芭拉·库尼 图
译者：舒杭丽

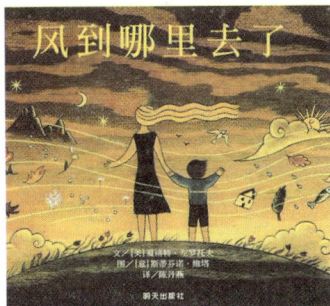

书名：风到哪里去了
作者：[美] 夏洛特·左罗托夫 文
　　　[意] 斯蒂芬诺·维塔 图
译者：陈丹燕

美国

花婆婆

13

7. 在森林里——幻想中的森林之旅

书名：在森林里

作者：[美] 玛莉·荷·艾斯/文·图
译者：赵静
出版社：二十一世纪出版社
出版年：2008
开本：16 开
ISBN：978-7-5391-4064-3

作者简介：

玛莉·荷·艾斯（Marie Hall Ets），1895 年 12 月出生于美国，美国杰出图画书作家，共出版了 21 本图画书，主要作品有《风喜欢和我玩》、《和我一起玩》、《森林大会》、《彭尼先生的赛马》、《就是我》、《还差九天圣诞节》等，多次获得凯迪克金奖、银奖。

内容简介：

我戴着一顶新帽子，拿着一只新号角，到森林里去散步。一只大狮子正在打盹，听到我的号角声就醒来了，它梳好头发，跟在我后面；两个象宝宝在喷水，它们看见了我就穿上衣服，跟着我走了；两只大棕熊坐在树下玩，它们看见了我就带上花生、果酱和勺子，也尾随而来……我身后的队伍越来越大，我们来到一块空地，在这里野餐和游戏。玩捉迷藏时，轮到我找人了，大家都躲起来了。当我睁开眼睛，所有的小动物都不见了，爸爸出现在我的面前，他正在找我呢，爸爸告诉我小动物们会一直等着我，下次一起再玩，我骑在爸爸的肩上回家了。

社会评价：

1945 年凯迪克银奖；入选日本全国学校图书馆协议会第 22 次"好绘本"；入选日本儿童文学者协会编《世界图画书 100 选》；入选日本儿童书研究会绘本研究部编《图画书·为了孩子的 500 册》。

特点提示：

适合 3～6 岁亲子共读，7 岁以上自主阅读。

这片用炭精笔一笔一笔描绘出来的森林，对于作品中的那个小男孩"我"来说是一个幻想的世界，当他戴着纸帽子、拿着喇叭走进森林那一刻，就已经推开了幻想世界的大门。书中每一页的画面上都画有树，树干上几乎都画有树洞，像是耳朵，仿佛所有的树也都是这场盛会的听众。森林里的动物跟吹喇叭的"我"一起散步，不断地还有新成员加入，最后所有动物们都列队奏乐唱歌，随着爸爸的到来，小男孩又被领回到了现实世界。爸爸那句"我想它们会等你下次再来的"，足以让森林里的这个幻想世界永远地留在了男孩的心里。

相关书目：

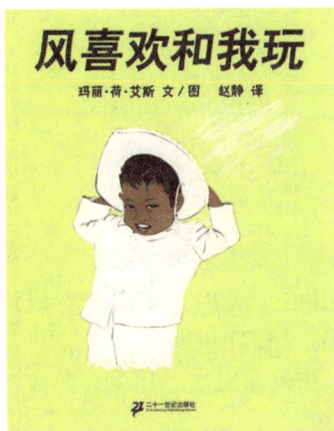

书名：风喜欢和我玩
作者：[美] 玛莉·荷·艾斯/文·图
译者：赵静

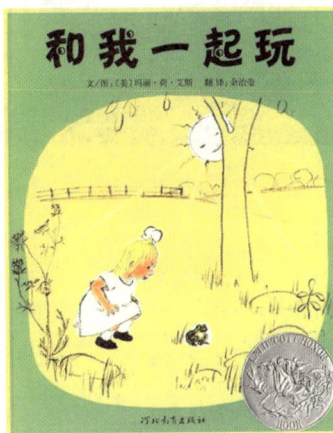

书名：和我一起玩
作者：[美] 玛莉·荷·艾斯/文·图
译者：余治莹

书名：森林大会
作者：[美] 玛莉·荷·艾斯/文·图
译者：邢培健

8. 疯狂星期二——荷叶上飞翔的青蛙带来一个不平静的夜晚

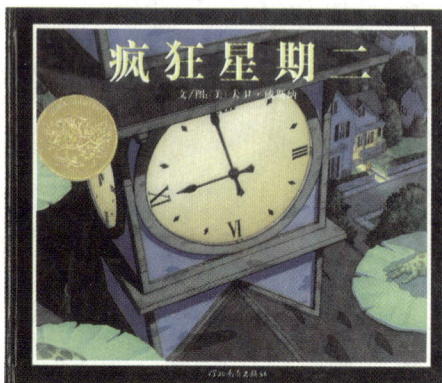

书名：疯狂星期二

作者：〔美〕大卫·威斯纳/文·图
出版社：河北教育出版社
出版年：2009
开本：8 开
ISBN：978-7-5434-7141-2

作者简介：

大卫·威斯纳（David Wiesner），1956 年出生于美国，多次获得凯迪克金奖、银奖。主要作品有：《梦幻大飞行》、《飓风》、《疯狂星期二》、《1999 年 6 月 29 日》、《7 号梦工厂》、《怪兽饰之夜》、《三只小猪》、《海底的秘密》等。

内容简介：

星期二晚上 8 点左右，池塘里昏昏欲睡的青蛙被惊醒了！一只只在荷叶上尽情飞翔的青蛙带你穿越城镇的每个角落，感受一个不平静的夜晚。电线上的小鸟被黑压压一片的青蛙吓坏了，在厨房吃三明治的男人瞥见窗外的青蛙，都不敢相信自己的眼睛，它们还涌进老奶奶家看起电视来，一只大狗被铺天盖地的青蛙吓得调头而逃。天亮了，魔法顿时失灵，青蛙们纷纷从荷叶上掉下来逃回池塘里，散落了一地的荷叶，让警察和电视台的人都百思不得其解。然而，另一个星期二的晚上，墙上出现了猪的影子，这回是满天会飞的大肥猪！

社会评价：

1992 年美国凯迪克金奖；美国图书馆协会年度好书推荐；美国《出版人周刊》年度最佳图画书；美国《学校图书馆》杂志年度最佳图画书；美国儿童图画书中心期刊"蓝丝带"奖；美国小印第安纳人图画书奖；入选纽约公共图书馆"每个人都应该知道的 100 种图画书"；日本第 15 届绘本特别奖；入选日本全国学校图书馆协会第 22 次"好绘本"。

特点提示：

适合 3～6 岁亲子共读，7 岁以上自主阅读。

这是一本完美无缺的无字图画书，对于孩子最大的吸引力是书中梦境般的故事展现。在夜晚飞翔的青蛙，乘坐的荷叶好像阿拉伯神话故事中的飞毯，精美独到的画面再加上令人瞠目结舌的大胆幻境，构成了一个想象的故事。读者时而以青蛙的角度俯瞰地面，时而从地面往上仰望，看着大群青蛙如大军压境一般空降小镇，角度的变化使读者有一种身临其境的感觉。而这个既诡异又幽默的故事还在最后留下了伏笔，在另一个星期二，一群飞行的猪会造成怎样的混乱呢？

相关书目：

书名：海底的秘密
作者：[美] 大卫·威斯纳/文·图
译者：余治莹

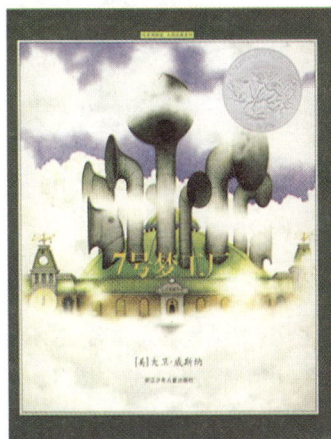

书名：7 号梦工厂
作者：[美] 大卫·威斯纳/文·图

书名：三只小猪
作者：[美] 大卫·威斯纳/文·图
译者：彭懿

9. 让路给小鸭子——人类与动物的和谐共生

书名：让路给小鸭子

作者：[美] 罗伯特·麦克洛斯基/文·图
译者：柯倩华
出版社：河北教育出版社
出版年：2005
开本：8 开
ISBN：978-7-5434-7357-7

作者简介：

罗伯特·麦克洛斯基（Robert McCloskey），1914 年出生于美国，其主要作品有《让路给小鸭子》、《小塞尔采蓝莓》、《海边的早晨》和《美妙的时光》等，多次荣获了凯迪克金奖、银奖。2000 年，他被美国国会图书馆列入"活着的传奇人物"名录。

内容简介：

鸭爸爸马拉先生和鸭妈妈马拉太太不畏辛苦四处寻觅一个合适的居住环境，他们终于在查尔斯河畔居住下来，马拉太太的孩子们破壳而出，当小鸭子学会游泳和潜水后，马拉太太打算带他们回波士顿公园定居。胖胖的母鸭带路，小鸭子紧紧排成一队，他们走在车水马龙的街头上，一路上险象环生，他们甚至使城市交通陷入了混乱。不过，在一位好心警察的帮助下，马拉太太和她的孩子们终于平安地到达公园，并游到小岛上，马拉先生正在那里等候他们的到来。小鸭子们很喜欢这个小岛，他们一家就在小岛上住下来了。

社会评价：

1942 年美国凯迪克金奖；入选美国全国教育协会"教师们推荐的 100 种书"；入选日本儿童文学者协会编"世界图画书 100 种"；入选纽约公共图书馆

"每个人都应该知道的 100 种图画书"; 2001 年被美国《出版者周刊》评为"所有时代最畅销童书"。

特点提示:

适合 3~6 岁亲子共读, 7 岁以上自主阅读。

作品以朴实单纯的画风给读者一种震撼美,八开的幅度,深浅有致的铅笔画形象地描绘各种场景,警察、汽车、人物的形象都很高大,鸭子在高楼林立的城市背景下,显得有点弱小。但是,谁也没有忽视这些鸭子的存在。为了给鸭子让路,警察紧张张罗,居民们的表情微笑自然,仿佛鸭子是最优先的公民。整个过程透露出人类与动物和谐共生的旨意,传达了对生命的尊重。

相关书目:

书名: 小黑鱼
作者: [美] 李欧·李奥尼/文·图
译者: 彭懿

书名: 海边的早晨
作者: [美] 罗伯特·麦克洛斯基/文·图
译者: 崔维燕

书名: 小塞尔采蓝莓
作者: [美] 罗伯特·麦克洛斯基/文·图
译者: 崔维燕

让路给小鸭子

10. 玛德琳——渴望得到爱

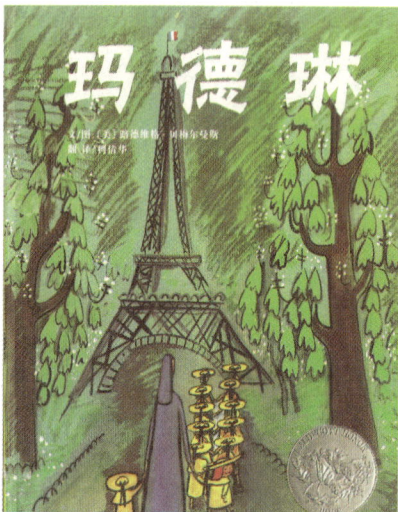

书名：玛德琳

作者：[美] 路德维格·贝梅尔曼斯/文·图
译者：柯倩华
出版社：河北教育出版社
出版年：2009
开本：8开
ISBN：978-7-5434-7335-5

作者简介：

　　路德维格·贝梅尔曼斯（Ludwig Bemelmans），1898 年出生于奥地利，一生一共创作了 13 本图画书。代表作有：《玛德琳》、《玛德琳的救援》、《玛德琳和坏帽子》、《玛德琳和吉普赛人》、《玛德琳在伦敦》等，曾多次获得凯迪克金奖、银奖。

内容简介：

　　在巴黎的一栋老房子里，生活着 12 个女孩，她们当中有一个淘气顽皮的疯丫头玛德琳，她有一头火红头发，人小胆大。她敢抓老鼠，敢冲张开血盆大口的大老虎伸舌头，敢伸开胳膊像走平衡木一样走过桥沿儿，吓得克拉菲老师快昏倒了。有一天她得了盲肠炎，躺在病床上的她得到了许许多多的关爱，同伴们来看她，看到有很多玩具、糖果，还有主教送的娃娃屋，惹得同伴们在夜里泪流满面地同声高喊："我们也要割盲肠"。

社会评价：

　　1940 年获美国凯迪克银奖；1939 年美国《号角》杂志年度好书；入选日本儿童文学者协会编《世界图画书 100 选》；入选 2001 年美国《出版者周刊》"所有时代最畅销童书"；入选纽约公共图书馆"每个人都应该知道的 100 种图画

书"；入选美国"20 世纪童书宝库"（共有 44 种 20 世纪最有影响力的图画书）。

特点提示：

适合 3～6 岁亲子共读。

毛笔勾画的墨色线条为本书的一大特色，淡淡的鹅黄色背景，浓浓交错的墨色线条，将玛德琳生活的寄宿学校描画得如老电影般的诗情画意。书中一共有 44 幅图，其中 8 幅是彩色的，余下的 36 幅则是黄底黑白画面。彩色的除了一张病房的花之外，都是巴黎的街景。而黄色背景的黑白画面，多半是房子里面发生的事，如孩子们刷牙、睡觉。12 个小女孩，一样的个子、一样的帽子、一样的衣服，可细看就会发现每一个人的发型都是不一样的，每一个女孩都个性鲜明。

相关书目：

书名：阿黛拉和西蒙在巴黎
作者：[美] 芭芭拉·麦克林托克/文·图
译者：萧萍　萧晶

书名：玛德琳卡
作者：[美] 彼得·西斯/文·图
译者：赵静

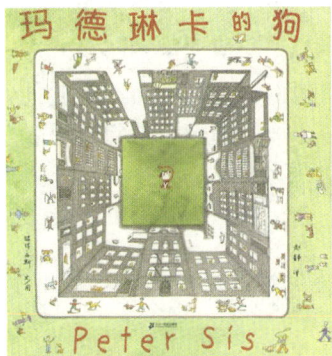

书名：玛德琳卡的狗
作者：[美] 彼得·西斯/文·图
译者：赵静

11. 小蓝和小黄——关于爱与融合的故事

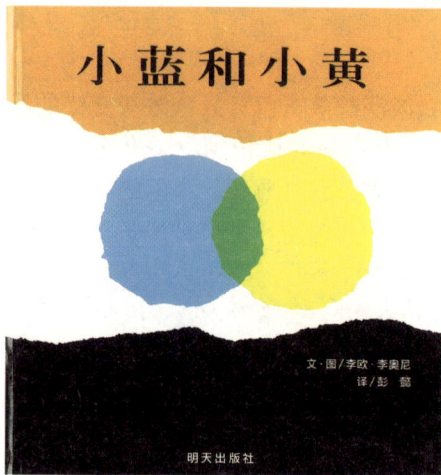

书名：小蓝和小黄

作者：[美] 李欧·李奥尼/文·图
译者：彭懿
出版社：明天出版社
出版年：2008
开本：16 开
ISBN：978-7-5532-5710-1

作者简介：

李欧·李奥尼（Leo Lionni），国际知名杰出设计家、艺术家、图画作家。50 岁时出版第一本图画书《小蓝和小黄》，其后陆续创作了数十本图画书。他的作品以深入浅出、耐人寻味的小故事传达出隽永的人生智慧，有"现代简纯寓言大师"的美名。其作品不仅脍炙人口，也获得过凯迪克等多种国际大奖，他是当代颇为重要的一位图画书大师。

内容简介：

小蓝和小黄正好住在对门，是一对非常要好的好朋友，两人每天同进同出，有一天他们见面时太高兴了，两人紧紧地拥抱在一起，结果两人都变绿了。回家后彼此的爸妈都认不出自己的孩子，小蓝和小黄急得哇哇大哭，流下了蓝色和黄色的眼泪，最后蓝眼泪和黄眼泪又分别收拢到一起，变成原来的小蓝和小黄。蓝爸爸蓝妈妈见到小蓝开心极了，又是抱又是亲，他们也拥抱小黄，这时他们也变成了绿色，蓝爸爸蓝妈妈终于明白是怎么回事了，他们跑到小黄家里报告这个好消息，大家高兴地互相拥抱，也都变成绿色的了。

社会评价：

《纽约时报》年度最佳图画书；1959 年美国平面造型艺术学会最佳图画书奖；入选日本儿童文学者协会编《世界图画书 100 选》；入选日本儿童书研究会

绘本研究部编《图画书·为了孩子的 500 册》。

特点提示：

适合 7 岁以上自主阅读。

作者用一蓝一黄两个近乎圆形的抽象的色块象征两个孩子，讲述了一个关于爱与融合的故事。这本书最大的一个亮点就是小蓝与小黄重叠融合成了绿色，它是一种爱的颜色，暗示着一种人与人之间心灵的融合，这是用色块讲述的人际关系和友谊的故事。还有一个根本性的主题，就是自我认识，小蓝和小黄因为遭到爸爸妈妈的拒绝而伤心地变成眼泪，最后蓝眼泪和黄眼泪又分别收拢到一起，变成原来的小蓝和小黄。从这个过程中，孩子们就可以知道自己与他人的区别，从而确认自己，认识到自己的存在。

相关书目：

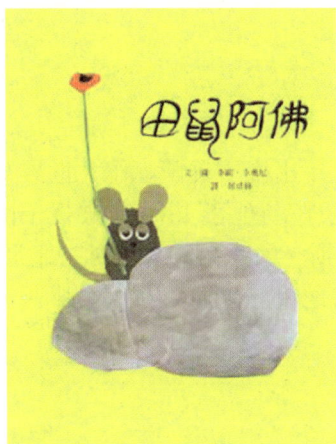

书名：田鼠阿佛
作者：[美] 李欧·李奥尼/文·图
译者：阿甲

书名：亚力山大和发条老鼠
作者：[美] 李欧·李奥尼/文·图
译者：阿甲

书名：两棵树
作者：[法] 伊丽莎白·布莱美　文
　　　[法] 克里斯托夫·布雷恩　图
译者：麦小燕

小蓝和小黄

12. 野兽出没的地方——狂野的幻想平复了孩子的情绪

书名：野兽出没的地方

作者：[美] 莫里斯·桑达克/文·图
译者：阿甲
出版社：明天出版社
出版年：2009
开本：12 开
ISBN：978-7-5332-6021-7

作者简介：

　　莫里斯·桑达克（Maurice Sendak），1928 年出生于美国，作为世界知名的图画书作家，桑达克在图画书领域作出了突出贡献，他于 1970 年被授予国际安徒生奖插图画家奖。《野兽出没的地方》是莫里斯·桑达克经典系列三部曲之首，获得了 1964 年凯迪克金奖，其他两部为《厨房之夜狂想曲》和《在那遥远的地方》。

内容简介：

　　麦克斯穿上他的狼服，开始恶作剧，妈妈惩罚他，不给他吃晚饭，让他去睡觉。于是麦克斯开始了自己狂野的幻想：他航行来到野兽出没的地方，并用魔法驯服了野兽们，野兽们害怕了，请他做野兽之王，他命令野兽对月狂舞，又吊在树上，等闹腾够了，他还不让野兽们吃晚饭就去睡觉。可他突然感到很孤单，想到一个被人爱的地方去，远处飘来好吃东西的香味，他决定不再当野兽之王，野兽们威胁他不让他走，可他还是踏上"麦克斯"号小船回家了。当他回到卧室，发现房间里为他准备的晚饭还热着呢。

社会评价：

　　1970 年国际安徒生奖画家奖得主的代表作；1964 年凯迪克金奖；1963 年《纽约时报》年度最佳图画书；1964 年美国《号角书》杂志年度好书；1964 年刘

易斯·卡洛尔书架奖；美国图书馆学会 1940—1970 年好书推荐；1981 年美国《波士顿环球报》/《号角书》杂志奖图画书奖；1995 年被纽约公共图书馆评为对 20 世纪最具影响力的 175 种"世纪之书"之一；2001 年被美国《出版者周刊》评为"所有时代最畅销童书"（精装本）第 63 名；入选纽约公共图书馆"每个人都应该知道的 100 种图画书"；入选美国"彩虹阅读好书榜"。

特点提示：

适合 3～6 岁亲子共读，7 岁以上自主阅读。

这本书被誉为美国第一本承认孩子具有强烈情感的图画书。作者笔下的麦克斯因为遭到妈妈的惩罚，便开始用自己狂野的幻想来进行反抗和发泄。在野兽出没的地方，他不再是一个弱者了，而是一个发号施令的野兽之王。通过幻想，孩子们完成了宣泄，这也是他们驯服野兽的最好办法。

相关书目：

书名：在那遥远的地方
作者：[美] 莫里斯·桑达克/文·图
译者：王林

书名：黎明开始的地方
作者：[美] 道格拉斯·伍德　文
　　　[美] K·温迪·波普　图
译者：王芳

书名：我的兔子朋友
作者：[美] 埃里克·罗曼/文·图
译者：柯倩华

13. 一寸虫——认识自我和善用智慧

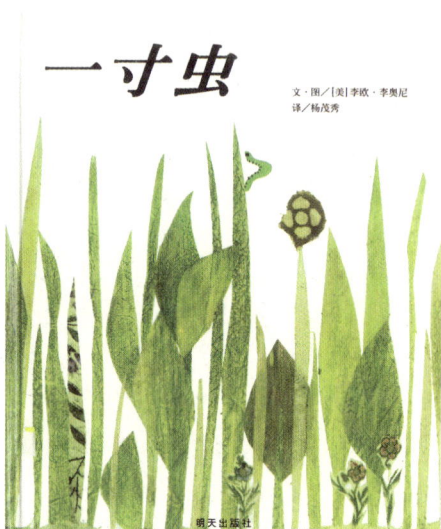

书名：一寸虫

作者：[美] 李欧·李奥尼/文·图
译者：杨茂秀
出版社：明天出版社
出版年：2008
开本：12 开
ISBN：978-7-5332-5872-6

作者简介：

李欧·李奥尼（Leo Lionni），1910 年出生于荷兰，国际知名杰出设计家、艺术家、图画作家。详见第 22 页。

内容简介：

一寸虫原本生活在草叶的世界，日子过得优雅自在，却遇到知更鸟，为了保命，它只好用身体做尺去为虫的天敌——众鸟丈量它们的身体，从知更鸟的尾巴到火烈鸟的颈子、巨嘴鸟的喙、苍鹭的脚、雉鸡的尾巴，还有蜂鸟的全身，统统没问题。有一天，饥饿的夜莺威胁要把一寸虫当早餐吃掉，除非这条虫可以量它的歌。一寸虫急中生智，想到了一个点子，就表示愿意试一试。当夜莺开口唱时，一寸虫便动身量，它量啊量，一直量到不见了踪影，消失于草叶的绿色世界中，重回遇到知更鸟之前的自由天地。

社会评价：

荣获 1961 年美国凯迪克银奖；《纽约时报》最佳图画书；2006 年好书大家读年度最佳少年儿童读物入选图书；获第 51 梯次好书大家读入选图书；入选台东大学儿童文学研究所 2006 优良图画书推荐；荣获"行政院新闻局"第 28 次推介中小学生优良课外读物。

特点提示：

　　适合 7 岁以上自主阅读。

　　这是一本以作者自己的整个生命经验为基础的传记绘本。在人类的世界中，我们随时都会遇到许多困难，但是有很多事情并不是靠强壮的身体或力气大就可以解决的，而是靠动脑、用智慧来解决，就像一寸虫一样，它脆弱得不堪一击，但它化解危机、解救自己生命的方法，是对自己的认识和善用智慧的结果。透过这本书，孩子们可以了解到智慧的力量竟然这么大。

相关书目：

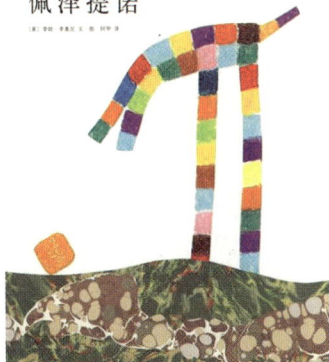

书名：佩泽提诺
作者：〔美〕李欧·李奥尼/文·图
译者：阿甲

书名：世界上最大的房子
作者：〔美〕李欧·李奥尼/文·图
译者：阿甲

书名：蒂莉和高墙
作者：〔美〕李欧·李奥尼/文·图
译者：阿甲

14. 石头汤——分享使人快乐

书名：石头汤

作者：〔美〕琼·穆特/文·图
译者：阿甲
出版社：南海出版公司
出版年：2007
开本：12 开
ISBN：978-7-5442-3747-5

作者简介：

琼·穆特（Jon J. Muth），生于美国俄亥俄州，以优美恬静的画风在绘本创作和插画领域享有盛誉。他擅长将清透灵润的水彩画与发人深省的哲思故事结合在一起，作品中透着一种悠远的禅意和古老东方文化的神韵。他的《禅的故事》获得凯迪克大奖，《尼古拉的三个问题》被《纽约时报》称赞为能够"默默地改变生命"。此外，他还获得过美国插画师协会金奖和美国犹太图书馆协会奖——雪莉·泰勒奖。

内容简介：

三个和尚阿福、阿禄和阿寿来到一个饱经苦难的村庄，这里的村民长年在艰难岁月中煎熬，心肠变得坚硬，不愿接纳任何人。当和尚们出现时，村民们立刻关紧了门窗，熄灭了灯火。可是，和尚们决定让村民们看看怎么煮石头汤，小女孩帮和尚们找来石头，并从家里拿来一口大锅，秀才拿出盐和胡椒粉，妇人拿出胡萝卜，农夫拿出洋葱，就这样，汤里的料越来越丰富，汤闻起来越来越香。汤煮好了，大家一起欢宴，并一直闹到深夜。和尚们用煮石头汤的方法，让村民们不自觉地付出了很多，更明白了付出越多回报越多的道理。

社会评价：

本作品为凯迪克大奖得主琼·穆特代表作，是 2007 年度全国十佳童书之一。

特点提示：

适合 7 岁以上自主阅读。

石头汤的故事原本是一个欧洲的传说，是一个叫琼·穆特的美国作家把它写成书，人物是中国的，让故事也发生在中国，使我们觉得亲切又熟悉。作者借用佛教故事的传统，讲述分享的快乐。图画中蕴涵着一些东方文化的象征符号。比如故事里那个穿黄色衣服的小女孩并不是女皇或皇后，然而她是一个很特别的角色；故事在结尾处提到的杨柳，是一种离别的标志；三个主人公的名字在中国民间故事中也很常见，寓意着健康、财富和幸福。作者运用华丽的水彩画，引领读者去深思故事背后的蕴涵。他把自己对禅宗和东方文化的热爱，融入到这个古老的巧计故事当中，以此弘扬慷慨好施的力量。

相关书目：

书名：禅的故事
作者：[美] 琼·穆特/文·图
译者：邢蓓建

书名：流浪狗之歌
作者：[比利时] 嘉贝丽/文·图

书名：尼古拉的三个问题
作者：[美] 琼·穆特/文·图
译者：邢蓓建

15. 好饿的毛毛虫——一首生命的礼赞

书名：好饿的毛毛虫

作者：〔美〕艾瑞·卡尔/文·图
译者：郑明进
出版社：明天出版社
出版年：2008
开本：16 开
ISBN：978-7-5332-5673-9

作者简介：

艾瑞·卡尔（Eric Carle），美国图书馆协会授予他劳拉·英格尔·槐尔特奖，他年近 40 才开始创作图画书，迄今为止，已经创作了《棕色的熊、棕色的熊，你在看什么?》、《1，2，3，去动物园》、《好饿的毛毛虫》、《好忙的蜘蛛》、《爸爸，我要月亮》等七十多本色彩缤纷的拼贴画风格的图画书。2002 年 12 月，艾瑞克·卡尔图画书美术馆在马萨诸塞州开馆，这也是美国第一个图画书美术馆。

内容简介：

月光下，叶子上躺着一颗小小的蛋。星期天的早上，太阳升起来了，一条又小又饿的毛毛虫从蛋里爬出来，他开始去找吃的。毛毛虫星期一吃了一个苹果，星期二吃了两个梨子，星期三吃了三个李子，星期四吃了四个草莓，星期五吃了五个橘子，可还是好饿。星期六，他吃了一大堆东西，晚上毛毛虫肚子痛了。第二天又是星期天。毛毛虫吃了绿叶子，肚子不疼了。现在他不饿了，不再是一条小毛毛虫了，而是一条又肥又大的毛毛虫了。他造了一个叫茧的小房子，把自己包在里面。他在里面呆了两个多星期，咬了一个洞钻了出来，毛毛虫变成了一只漂亮的蝴蝶。

社会评价：

获美国视觉艺术协会奖；入选纽约公共图书馆"每个人都应该知道的 100 种图画书"；2001 年被美国《出版者周刊》评为"所有时代最畅销童书"（精装本）第 20 名；入选美国全国教育协会推荐 100 本最佳童书；入选美国全国教育协会

"教师们推荐的100本书"；入选日本全国学校图书馆协议会第22次"好绘本"；入选日本儿童文学者协会编《世界图画书100选》；入选日本儿童书研究会绘本研究部编《图画书·为了孩子的500册》。

特点提示：

适合3～6岁亲子共读，7岁以上自主阅读。

作者用奔放不羁而又浓烈绚丽的颜色，为孩子们唱出了一首生命的礼赞。作者不仅采取了拼贴的手法作画，还采用宽窄不同的五个页面：一个苹果、两个梨子、三个李子、四个草莓，然后是一整页五个橘子！一只不停叫饿的毛毛虫透过书页上的小圆洞一直吃个不停，吃到最后，变成了一条巨大无比的毛毛虫，最后变成了一只五颜六色的蝴蝶。这是一本充满了诗情与创意的图画书，表明只要你是坚持、自信的，奇迹就会发生。

相关书目：

书名：棕色的熊、棕色的熊，你在看什么？
作者：[美]比尔·马丁　文
　　　[美]艾瑞·卡尔　图
译者：李坤珊

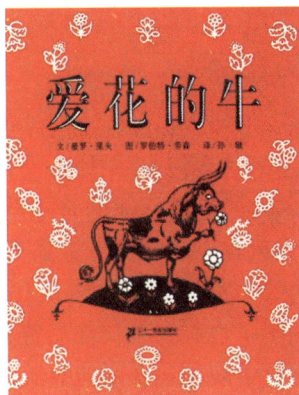

书名：爱花的牛
作者：[美]曼罗·里夫　文
　　　[美]罗伯特·劳森　图
译者：孙敏

书名：苏菲的杰作
作者：[美]艾琳·斯安内利　文
　　　[美]简·戴尔　图
译者：柯倩华

好饿的毛毛虫

16. 月下看猫头鹰——冬日月光下的浓浓的父女情

书名：月下看猫头鹰

作者：〔美〕珍·尤伦　文
　　　〔美〕约翰·秀能　图
译者：林良
出版社：明天出版社
出版年：2008
开本：16 开
ISBN：978-7-5332-5863-4

作者简介：

珍·尤伦（Jane Yolen），1939 年出生于美国，曾先后担任过儿童书画家协会会长、美国科幻作家协会会长，被美国《新闻周刊》誉为"美国的安徒生"和"20 世纪的伊索"。她的童书代表作有《魔鬼的算术》、《如何让恐龙道晚安》、《皇帝和风筝》和《月下看猫头鹰》等，多次获得凯迪克金奖、银奖。

约翰·秀能（John Schoenherr），1935 年出生于美国，除了为童书、科幻杂志画插图，也画油画。作品曾先后获得过世界科幻小说奖、动物画家协会奖、费城自然科学院银奖及凯迪克奖等。

内容简介：

在一个无风的深冬夜晚，爸爸带着女孩一块去拜访森林里的猫头鹰。森林里寂静极了，小女孩拖着短而圆的影子，跌跌撞撞地紧随父亲向着森林走去，不出声，也不喊累，冬夜的空气令她的脸颊生疼，树林的黑影令她害怕，但她牢牢记着爸爸说的话：出去看猫头鹰，一定要安静，一定要勇敢，一定要坚强，哪怕一时看不见，也不要难过，要心怀希望，继续前进，继续等待。在爸爸的呼唤下，一个黑影飞了出来，小女孩终于看到了猫头鹰。

社会评价：

1988 年凯迪克奖金奖；1988 年美国图书馆学会推荐童书；入选《美国人》

杂志"新英格兰100本经典童书";入选美国"彩虹阅读好书榜";入选美国连结计算机图书馆中心（OCLC）公布的"会员图书馆典藏最多的童书"第三名;入选日本儿童书研究会绘本研究部编《图画书·为了孩子的500册》。

特点提示:

适合7岁以上自主阅读。

这是一个让人忘记了世俗的故事。一段短短的月光下的雪夜旅程,不但展现了一对父女的浓浓情意,还细腻地刻画了小主人公从期待、不安、紧张到喜悦的心理变化的过程。作者在文字里对一个父亲的爱女之情描写不多,但却透过一幅幅画面传递出来——父亲与女儿牵着手走向森林;当猫头鹰从天而降时,父亲那只死命护住女儿的手;父亲抱着女儿回家时,那感人的背影……小女孩的形象更是描绘得传神,借助她那一个个奔跑、东张西望以及惊恐的肢体动作,勾画出了她内心的惊奇与不安。

相关书目:

书名: 雪人
作者: 〔英〕雷蒙·布里克　图

书名: 和甘伯伯去游河
作者: 〔英〕约翰·伯宁罕/文·图
译者: 林良

书名: 我们要去捉狗熊
作者: 〔英〕迈克尔·罗森　文
　　　〔英〕海伦·奥克森伯里　图
译者: 林良

17．生气汤——帮助孩子疏导愤怒情绪

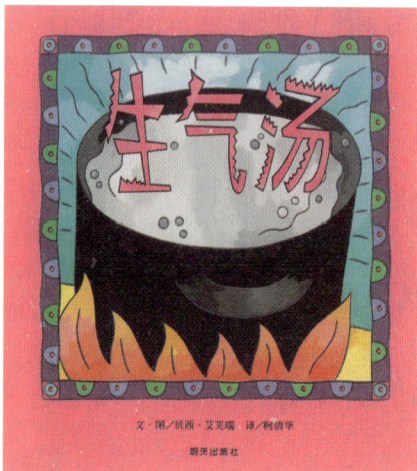

书名：生气汤

作者：［美］贝西·艾芙瑞/文·图
译者：柯倩华
出版社：明天出版社
出版年：2008
开本：12 开
ISBN：978-7-5332-5777-4

作者简介：

贝西·艾芙瑞（Betsy Everitt），1962 年 8 月出生于洛杉矶，毕业于加州帕萨迪纳市的艺术中心设计学院，擅长以水粉颜料创作水粉画。《生气汤》是作者将个人亲身经历转化为创作灵感，自写自画的一本图画书，色彩鲜明，充满了夸张的幽默。

内容简介：

霍斯今天有一箩筐不如意的事：他没答上题、琳达写来情书、被一头母牛踩了脚、珍珠阿姨来接他、汽车差点轧死三条狗等等，他带着一肚子怒气回家。但是，妈妈却说要煮汤。当水滚开时，妈妈对着锅大叫，她要霍斯也照样做。他们还一起对着锅龇牙咧嘴、吐舌头，霍斯还拿起汤勺乒乒乓乓敲打锅，还喷出了最大一口火龙气。最后，霍斯笑了，妈妈也笑了，妈妈告诉霍斯煮的是生气汤，他们并肩站着，搅散了一天的不如意。

社会评价：

1994—1995 年度小印第安人奖；1992 年《书单》杂志编辑选书；美国平面设计协会年度选书。

你看这位妈妈，一不批评，二不教训，三不追问。她知道，在这种场合讨论"儿童行为规范"没有任何意义。而且生气嘛，本就是天赋人权，不应该抑制孩

子的情绪，而是要教孩子学会自我疏导。

——阿甲（儿童阅读推广人）

特点提示：

适合 3～6 岁亲子共读，7 岁以上自主阅读。

这是为孩子而创作的图画书，帮助孩子疏导愤怒情绪，不但好玩，而且描摹心理极其细腻。画家巧妙而自然地添上了童话色彩，颜色鲜艳，画工精美，文字富有节奏感，孩子们能跟着一起做调节心情的动作，化解一天的不如意。霍斯被妈妈煞有其事的煮汤和吼叫吸引过来，妈妈向他示范了吼叫和吐舌头的基本动作。在妈妈的引导和推动下，霍斯不但完成了基本动作，还自创了敲锅和喷火龙气的自选动作。孩子在不知不觉中愤怒被排解了，心情也舒畅了。

相关书目：

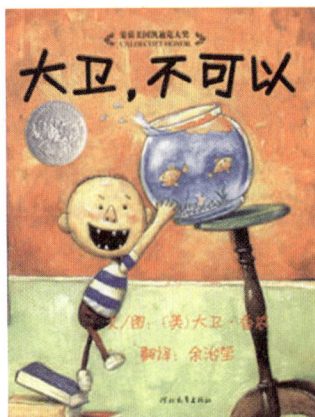

书名：大卫，不可以
作者：[美] 大卫·香农/文·图
译者：余治莹

书名：生气的亚瑟
作者：[英] 希亚文·奥拉姆　文
　　　[日] 北村悟　图
译者：柯倩华

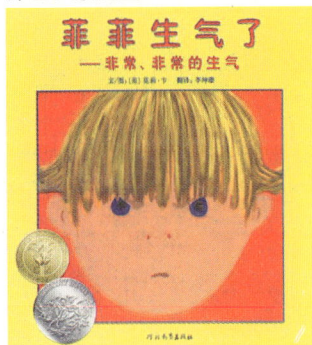

书名：菲菲生气了
作者：[美] 莫莉·卞/文·图
译者：李坤珊

18. 100 万只猫——善良最美丽

书名：100 万只猫

作者：[美] 婉达·盖格/文·图
译者：彭懿
出版社：南海出版公司
出版年：2007
开本：16 开
ISBN：978-7-5442-3792-5

作者简介：

婉达·盖格（Wanda Gag），1893 年 3 月 11 日出生于美国明尼苏达州的新乌尔姆，出版了《100 万只猫》，被誉为美国第一本"真正的图画书"，拉开了 20 世纪 30 年代"图画书黄金期"的序幕。其作品有《好笑的东西》、《粗鲁又急躁》、《ABC 兔子》、《白雪公主和七个小矮人》、《一无所有》等。

内容简介：

从前有一位老爷爷和老奶奶住在一所很漂亮的房子里，可是他们很孤独。老奶奶想养一只猫，老爷爷就出门去寻找。他来到一个到处都是猫的山丘，把碰到的每一只漂亮的猫都带走了。于是，有几百只猫、几千只猫、几百万只猫、几千万只猫、几亿万只猫，都跟着老爷爷回家了。他们渴了，每只猫只喝一小口水，池塘就干了，它们饿了，每只猫只吃一口草，山就秃了。他们只好决定只留一只猫。所有的猫开始争论谁最漂亮，这些猫气得你吃我、我吃你，只有一只很不起眼的猫躲在草丛里活下来了。老爷爷和老奶奶终于发现，这只猫是世界上最漂亮的猫。

社会评价：

美国史上第一本"真正的图画书"；荣获全美童书最高荣誉——纽伯瑞奖刘易斯·卡洛尔书架奖；被《纽约时报》誉为"读者永远的最爱"；入选美国《学校图书馆》杂志"影响整个世纪的一百本书"；入选纽约公共图书馆"每个人都应该知道的 100 种绘本"；入选日本儿童文学者协会编《世界绘本 100 选》。

特点提示：

适合3～6岁亲子共读，7岁以上自主阅读。

故事来源于德国民间故事，有着民间文学的基本模式、风格和趣味，文字朗朗上口，易于流传。黑白的画面里有成千上万只猫，场面壮观宏大。横开本的巧妙利用，令每一幅构图都讲究而富于变化。这是20世纪30年代美国第一本真正意义上的图画书。故事完整，图画表现能力强。夸张而幽默的画风拉开了"图画书黄金期"的序幕。

相关书目：

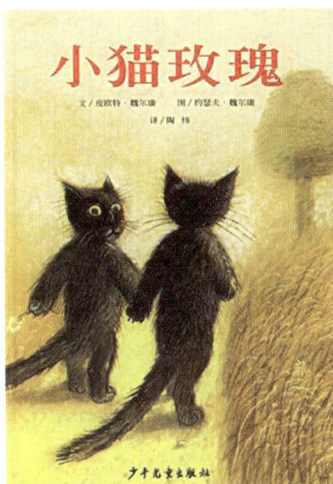

书名：小猫玫瑰
作者：〔波兰〕皮欧特·魏尔康　文
　　　〔波兰〕约瑟夫·魏尔康　图
译者：陶纬

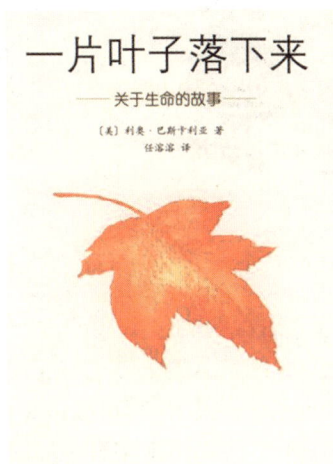

书名：一片叶子落下来
作者：〔美〕利奥·巴斯卡利/文·图
译者：任溶溶

书名：世界为谁存在？
作者：〔英〕汤姆·波尔　文
　　　〔澳大利亚〕罗伯·英潘　图
译者：刘清彦

19. 奥莉薇——个性的魅力

荣获美国凯迪克大奖
CALDECOTT HONOR

奥莉薇

文／图：[美] 伊恩·福尔克纳　翻译：郝广才

河北教育出版社

书名：奥莉薇

作者：[美] 伊恩·福尔克纳/文·图
译者：郝广才
出版社：河北教育出版社
出版年：2007
开本：16 开
ISBN：978-7-5434-6455-1

作者简介：

伊恩·福尔克纳（Ian Falconer），为《纽约客》杂志画过无数的插画以及封面，《奥莉薇》是其第一本童书，该书不仅名列《出版人周刊》年度畅销图画书第四名，至今仍居《纽约时报》每周畅销图画书榜，这只可爱的小肥猪也为伊恩赢得 2001 年凯迪克银牌奖。

内容简介：

奥莉薇是一只爱美的小猪，她擅长很多事情，要说最拿手的一件事就是把人累昏，甚至常常把自己也累昏！她会涂妈妈的口红、穿上妈妈的高跟鞋照镜子，还会吓弟弟。要是出门，她还会把所有的衣服都拿出来穿一遍。晴天妈妈会带她去海边，她会把自己晒成一条大热狗；而下雨天，她则会去参观博物馆。回来后得画一张自己没看懂的画……睡觉时间到了，可奥莉薇一点儿也不想睡，缠着妈妈讲故事，经过讨价还价妈妈讲了三本故事书，故事讲完了，妈妈亲亲她并告诉她好爱她。

社会评价：

2001 年凯迪克银奖；连续 48 周进入《纽约时报》畅销书排行榜前 10 名；美国书商协会年度童书奖；美国图书馆学会年度好书推荐；入选纽约公共图书馆

"每个人都应该知道的 100 种图画书"；美国《出版者周刊》年度好书；美国《孩子们》杂志年度好书；2000 年美国"家长的选择"基金会图画书奖。

特点提示：

适合 3～6 岁亲子共读。

文字和图画各自以不同的视角讲述同一件事，文字叙事是大人的视角，图画叙事却是孩子的。本书以白色做底，让奥莉薇自由自在地在画面上活动，因为没有框线限制，有着无限伸展的空间。从扉页开始，奥莉薇所有的服饰、物品都是红色的，体现了她鲜明的个性。故事里的奥莉薇，就是生活中的孩子。读者不仅能获得强烈的共鸣，还在点点滴滴当中找到自己的影子，并为之一笑。

相关书目：

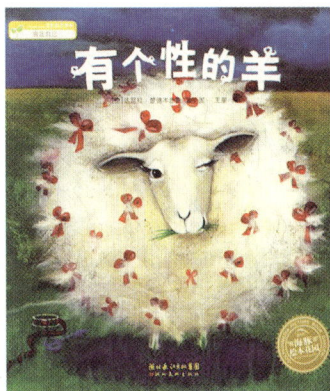

书名：有个性的羊
作者：[德] 达尼拉·楚德岑思克/文·图
译者：王星

书名：奥莉薇拯救马戏团
作者：[美] 伊恩·福尔克纳/文·图
译者：范晓星

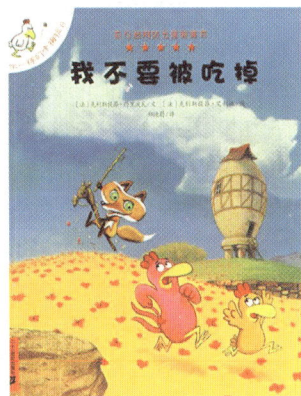

书名：我不要被吃掉
作者：[法] 约里波瓦　文
　　　[法] 艾利施　图
译者：郑迪蔚

20. 我们的妈妈在哪里——孩子眼中的妈妈

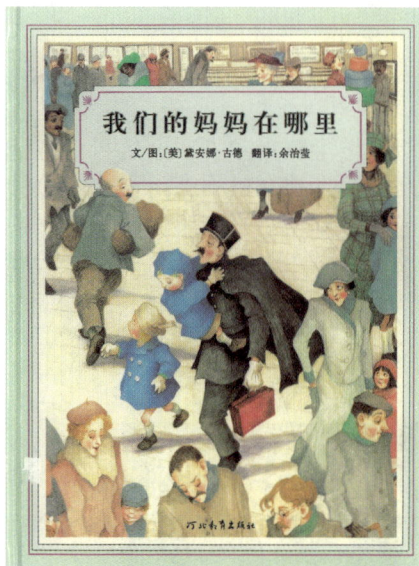

书名：我们的妈妈在哪里

作者：［美］黛安娜·古德/文·图
译者：余治莹
出版社：河北教育出版社
出版年：2008
开本：16 开
ISBN：978-7-5434-7071-2

作者简介：

黛安娜·古德（Diane Goode），童书作家和插画家。1949 年出生于纽约布鲁克林区；曾就读于纽约城市大学皇家学院。其主要作品有《我们的妈妈在哪里》和《妈妈的礼物》等。

内容简介：

火车站里，妈妈去找被风吹跑的帽子，留下姐弟两个。久久等不回来妈妈，他们哭了起来，哭声引来了警察。警察叔叔带他们去找妈妈。他们只知道妈妈的名字叫"妈妈"，她是世界上最美丽的女人。警察叔叔带他们去见不同的女人，可是她们都不是妈妈。妈妈力气很大，她的东西都是自己拿；妈妈不看报纸，只看书，看很多很多的书；妈妈很苗条，会做世界上最好吃的饭；妈妈不怕老鼠，她很勇敢……最后他们在车站找到了妈妈。

社会评价：

被美国《父母》杂志评为当年的最佳童书；列入美国堪萨斯州书友会推荐书目；作者曾荣获美国图画书最高奖项——凯迪克大奖。

特点提示：

适合 7 岁以上自主阅读。

古德的创作非常严谨，在一部作品开始创作的初期，她会花很多时间去构思、排列、组合和修改，一本书往往要画上百张草图，才能定稿着色。正是因为这份用心，她的画风细腻隽永，构图完整和谐，再加上人物刻画生动有形，让整部作品都充满活力与趣味，令读者百看不厌。

作者笔法的耐心细致有如抽丝剥茧，精心的营造让读者随着故事和画面将心慢慢地融入其中，体会主角的心情，并延伸出更宽广的联想。相信读者们随着故事的发展，逐渐了解了小姐弟俩的妈妈，进而也会联想到自己的妈妈。

相关书目：

我们的妈妈在哪里

书名：妈妈心·妈妈树
作者：方素珍　文
　　　仉桂芳　图

书名：像妈妈一样
作者：[美] 大卫·梅林/文·图
译者：林昕

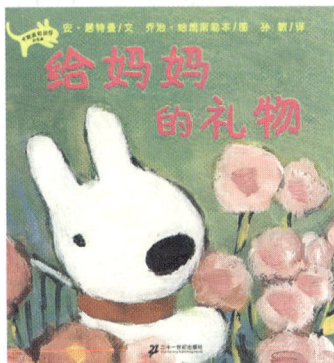

书名：给妈妈的礼物
作者：[法] 安·居特曼　文
　　　[法] 乔治·哈朗斯勒本　图
译者：孙敏

21. 小房子——爱护环境

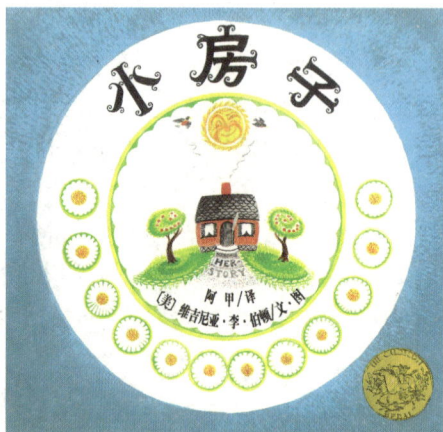

书名：小房子

作者：[美] 维吉尼亚·李·伯顿/文·图
译者：阿甲
出版社：南海出版公司
出版年：2010
开本：12 开
ISBN：978-7-5442-4582-1

作者简介：

维吉尼亚·李·伯顿（Virginia Lee Burton），1909 年出生于美国马萨诸塞州，主要作品有《乘火车去》、《迈克·马力干和他的蒸汽铲车》、《加里可，一匹奇迹马》、《小房子》、《罗宾·胡德之歌》、《生命故事》等，其中，《小房子》获得 1943 年凯迪克金奖，《罗宾·胡德之歌》获得 1948 年凯迪克银奖，《生命故事》被赞誉为是她的艺术与人生的集大成之作。1968 年 10 月 15 日，维吉尼亚·李·伯顿因病去世，享年 59 岁。

内容简介：

小房子每天站在山冈上看风景，除了日月星辰和四季的变化，小房子还看到乡村的景物随着挖马路、开商店、盖高楼、通地下铁……而一点一点地改变。结果，小雏菊和苹果树不见了，取而代之的是都市的乌烟瘴气和行色匆匆的人们。小房子的彩色涂漆裂了、脏了，窗户被打破了，看上去很破旧、很孤独。幸好，小房子主人的后代发现了小房子，把她又搬到了乡下，她又可以静静地欣赏大自然的风景了。

社会评价：

获得 1943 年凯迪克金奖；1959 年刘易斯·卡洛尔书架奖；入选美国全国教育协会推荐 100 本最佳童书；入选美国全国教育协会"教师们推荐的 100 本书"；入选日本全国学校图书馆协议会第 22 次"好绘本"；入选日本儿童文学者协会编

《世界图画书 100 选》；入选日本儿童书研究会绘本研究部编《图画书·为了孩子的 500 册》。

特点提示：

适合 3～6 岁亲子共读，7 岁以上自主阅读。

用朴素的文字和明艳的水彩，讴歌了一幅正在远逝的乡村美景。图画明媚、恬静，细节丰富，内涵深刻。本书的画面装饰性极强，常常是一个椭圆套着一个椭圆，一个个椭圆形的丘陵连绵不断，连道路、云彩、栅栏，甚至连树梢都是椭圆形的，跃动着一种柔和而又抒情的舞蹈感觉。小房子被赋予了人的特征和情感，会好奇、会孤独，也会恐惧和快乐，带孩子领略生命与自然的美好，传达出热爱环境、热爱生命的理念。

相关书目：

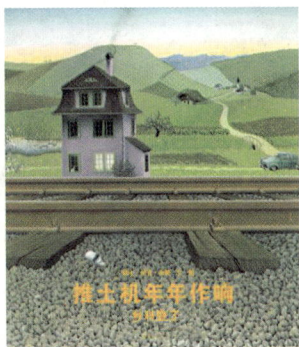

书名：推土机年年作响，乡村变了
作者：[瑞士] 约克·米勒/文·图

书名：这片草地真美丽
作者：[奥地利] 沃尔夫·哈兰斯/文·图
译者：赖雅静

书名：大树在唱歌：保护环境
作者：[意] 路易·达·辛　文
　　　[意] 弗兰杰西卡·格里克　图

英国
——具有独创性的图画书创作

英国的图画书在世界上有着悠久的历史。作为一个有着优秀传统的国家，英国在图画书创作中表现得更为严格。20 世纪 60 年代，英国创造了令人瞠目结舌、有着独创性的图画书，可谓传统又不失创新。

1955 年，"凯特·格林纳威奖"由英国图书馆协会（The Library Association）为儿童图画书创立，是英国儿童图画书的最高荣誉。该奖项不仅讲求艺术品质，整本书在阅读上也要求能赏心悦目。得奖者不仅限于英国国籍的插画家，还兼顾了国际性，使得英国图画书的气势格局益加宏伟磅礴。

22. 猜猜我有多爱你——学习表达爱

书名：猜猜我有多爱你

作者：〔英〕山姆·麦克布雷尼　文
　　　〔英〕安妮塔·婕朗　图
译者：梅子涵
出版社：少年儿童出版社
出版年：2004
开本：16 开
ISBN：7-5324-6345-1

作者简介：

　　山姆·麦克布雷尼（Sam McBratney），1945 年出生于爱尔兰的贝尔法斯特。其主要作品有 *Just One*！、《你们都是我的最爱》、《猜猜我有多爱你》等。

　　安妮塔·婕朗（Anita Jeram），出生于英国朴次茅斯。其主要作品有《亲亲晚安》、《塞姆，你觉得不舒服吗?》、《小兔，我的甜心》等。

内容简介：

　　要睡觉了，可小兔子总也不肯睡，它要告诉大兔子它有多爱它。它张开双臂，它举高双手，它倒立，它跳跃……想要表达自己对大兔子的爱有多深。可是，小兔子说的总也比不上大兔子说的。它们比着比着，小兔子累极了，躺在大兔子身边甜甜地进入了梦乡。

社会评价：

　　1996 年美国图书馆学会年度好书推荐；美国《出版者周刊》年度最佳图书；1996 年美国书商协会年度童书奖；2001 年被美国《出版者周刊》评为"所有时代最畅销童书"（精装本）第 56 名；入选美国全国教育协会推荐 100 本最佳童书；入选美国全国教育协会"教师们推荐 100 本书"；入选美国全国教育协会

"孩子们推荐的 100 本书"；入选美国收录的 44 部 20 世纪最重要的图画书的《20世纪童书宝库》。

特点提示：

适合 3～6 岁亲子共读，7 岁以上自主阅读。

故事里的小兔子和大兔子试着把爱的感觉描述出来，可是她们发现：爱，实在不是一件容易衡量的东西。质朴的水彩画与童稚的文字相得益彰。粗大的字体和不断反复的叠句，最适合父母和孩子紧紧地依偎在床上轻声朗读。整个作品充溢着爱的气氛和快乐的童趣，小兔子亲切可爱的形象、两只兔子相互较劲的故事构架及形象、新奇的细节设置都对孩子有着极大的吸引力。

相关书目：

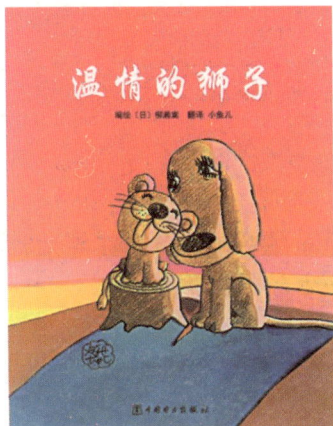

书名：温情的狮子
作者：［日］柳濑嵩/文·图
译者：小鱼儿

书名：鳄鱼爱上长颈鹿
作者：［德］达妮拉·库洛特/文·图
译者：方素珍

书名：我永远爱你
作者：［英］刘易斯　文
　　　［英］艾夫斯　图
译者：金波

47

23. 我赢了，不，我赢了，不，我赢了——兄妹间的输与赢

书名：我赢了，不，我赢了，不，我赢了

作者：［英］罗伦·乔尔德/文·图
译者：杨玲玲　彭懿
出版社：接力出版社
出版年：2009
开本：16 开
ISBN：978-7-5448-0551-3

作者简介：

罗伦·乔尔德（Lauren Child），1967 年出生于英国，曾获斯马尔蒂斯奖、诺福克童书奖等，是英国最受人瞩目、最令人兴奋的图画书作家之一。其主要作品有《我想养宠物》、《小豆芽，就是我》、《那只麻烦的老鼠》、《谁怕大坏书》等。

内容简介：

劳拉是个耍赖大王，不论玩什么，她都要赢、赢、赢。她会趁查理不注意偷偷挪动调羹的位置，会完全不按规矩玩棋子游戏，会狡辩各种理由蒙混过关，每次劳拉都能赢。查理牢记爸爸的教诲，一边忍着，一边想出点子来对付、战胜劳拉……对了，还不能让劳拉不开心。查理是一位好哥哥！

社会评价：

风靡全球的英国国宝级童书"查理与劳拉"系列，曾获英国格林纳威童书奖、英国诺福克童书奖等国际大奖。查理与劳拉的故事颠覆传统，通过孩子超乎寻常的想象力和有趣的互动对答，轻松有趣地解决了令父母头疼的教养问题，让家常琐事变得极其丰富多彩。

特点提示：

适合 3～6 岁亲子共读。

本书选自"查理与劳拉"系列。作者将绘画、实物、童趣、想象完美结合，创造出一种全新效果的图画书形式。文字采用了不规律的排版，让孩子的思维不受约束，添加了整本书的趣味。在兄妹俩你问我答、你追我赶的情节中，读者能感受到亲情的可爱。

相关书目：

书名：我真的真的好难受
作者：[英] 乔尔德/文·图
译者：杨玲玲　彭懿

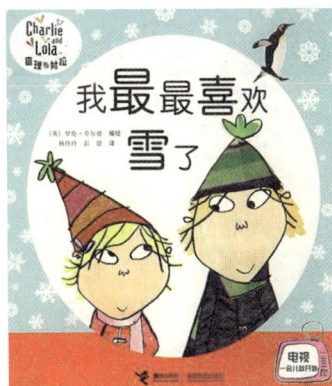

书名：我最最喜欢雪了
作者：[英] 乔尔德/文·图
译者：杨玲玲　彭懿

书名：说茄子！
作者：[英] 乔尔德/文·图
译者：杨玲玲　彭懿

我赢了，不，我赢了，不，我赢了

24. 大猩猩——渴望父爱

书名：大猩猩

作者：［英］安东尼·布朗/文·图
译者：林良
出版社：河北教育出版社
出版年：2007
开本：16 开
ISBN：978-7-5434-6464-3

作者简介：

安东尼·布朗（Anthony Browne），1946 年出生于英国，被公认为图画书界的"超现实派画家"。1983 年他出版图画书《大猩猩》后一举成名，获得了包括英国凯特·格林纳威奖等诸多大奖评委的肯定，《大猩猩》被先后译成了 14 种文字出版。主要作品有《穿越魔镜》、《在公园里散步》、《穿过隧道》、《动物园的一天》、《当乃平遇上乃萍》、《威利的画》、《我妈妈》等。

内容简介：

单亲家庭小女孩安娜渴望得到爸爸的关爱，可是现实生活中的爸爸常常因为工作忙碌而没有时间陪她。安娜喜欢大猩猩，她在过生日的前一晚跟爸爸要大猩猩作生日礼物，不过得到的却是一只玩具猩猩。当晚让人惊异的事情发生了，玩具猩猩变成了真正的大猩猩，它能满足安娜的所有愿望。她和大猩猩互相搂着到动物园看灵长类动物，一起看电影《超人》，一起享用丰盛的晚餐，一起在月下草坪上跳舞，还有幸福的吻别，安娜笑了。第二天，爸爸真的带安娜去动物园玩了，安娜好快乐！

社会评价：

英国凯特·格林纳威奖；英国科特·马希拉奖；美国《纽约时报》年度最佳图画书；美国《波士顿环球报》号角书杂志奖、图画书银奖，荷兰银画笔奖。

特点提示：

适合 3～6 岁亲子共读，7 岁以上自主阅读。

作者借着冷色调与方正的格子图案，营造出安娜所处的家庭气氛。在冷调当中，作者还利用光影对比显示出小女孩心中的孤独。大猩猩的形象就是理想爸爸的形象。这本书是安东尼·布朗的经典作品之一。在他所架构的故事里现实与想象很难划分，且特别注重细节。就连故事中墙上的挂画也能反映人物心情的变化。细致的画风，能让读者久久回味。

相关书目：

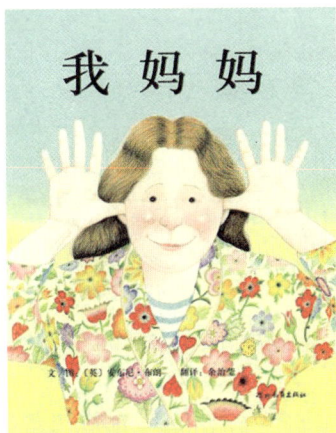

书名：我妈妈
作者：[英] 安东尼·布朗/文·图
译者：余治莹

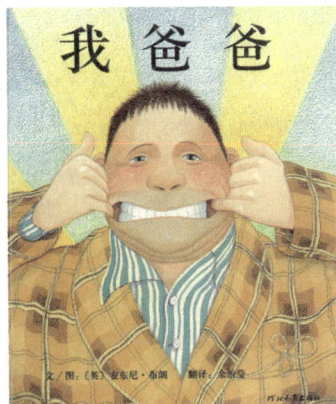

书名：我爸爸
作者：[英] 安东尼·布朗/文·图
译者：余治莹

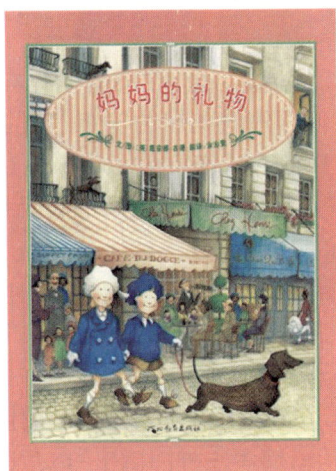

书名：妈妈的礼物
作者：[美] 黛安娜·古德/文·图
译者：余治莹

大猩猩

25. 和甘伯伯去游河——游河的乐趣

书名：和甘伯伯去游河

作者：［英］约翰·伯宁罕/文·图
译者：余治莹
出版社：河北教育出版社
出版年：2008
开本：12 开
ISBN：978-7-5434-6884-9

作者简介：

约翰·伯宁罕（John Burningham），1936 年 4 月 27 日出生于英国萨里郡的法恩汉姆。其主要作品有：《博卡：一只没有羽毛的鹅的历险故事》、《和甘伯伯去游河》、《外公》、《莎莉，离水远一点》、《你喜欢》、《莎莉，洗好澡了没?》、《鳄梨宝宝》、《迟到大王》等，获凯特·格里纳威大奖等。

内容简介：

有一天，甘伯伯撑船去游河。两个小孩子、兔子、猫、狗、猪、绵羊、鸡、牛和山羊一个接一个地要求上船同行，起初他们都答应坐船的规矩。可是一上船，大家就忘了甘伯伯的叮嘱，猪开始乱晃、狗追猫、猫捉兔子……最后船翻了，大家都掉进水里了。甘伯伯只好带领大家游泳到岸边，让太阳把衣服和身子晒干。他还请他们到他家去喝茶，并且欢迎大家下回再一起去游河。

社会评价：

1970 年获英国凯特·格林纳威奖大奖；1972 美国《波士顿环球报》/《号角书》杂志奖图画书大奖；美国图书馆学会年度好书推荐；《纽约时报》最佳插画童书奖；入选纽约公共图书馆"每个人都应该知道的 100 种图画书"；入选日本全国学校图书馆协议会第 22 次"好绘本"；入选日本儿童文学者协会编《世界图画书 100 选》。

特点提示：

适合 3～6 岁亲子共读。

图画的左页是活泼的单色素描，隐约地描绘出游河的全貌及每处转折点的特定景致；而右页则采用色彩鲜明的插图。左右页不同的插画表现形式，呈现出明显的对比，更让人有眼前一亮的感觉。故事的叙述一再重复，甘伯伯的叮嘱，小动物们的"答应"，使游河的经历变得快乐又逗趣，真不失为对孩子的一次经验"教训"。

相关书目：

书名：鲁拉鲁先生的自行车
作者：[日] 伊东宽/文·图
译者：蒲蒲兰

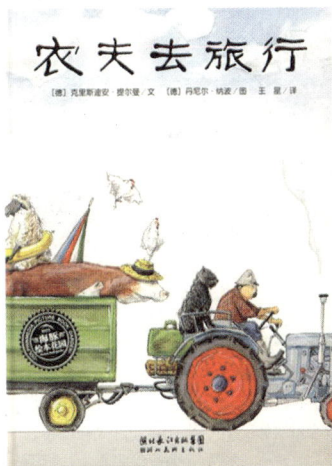

书名：农夫去旅行
作者：[德] 克里斯迪安·提尔曼　文
　　　[德] 丹尼尔·纳波　图
译者：王星

书名：莎莉，离水远一点
作者：[英] 约翰·伯宁罕/文·图
译者：宋珮

26. 我爸爸——爸爸，我爱你

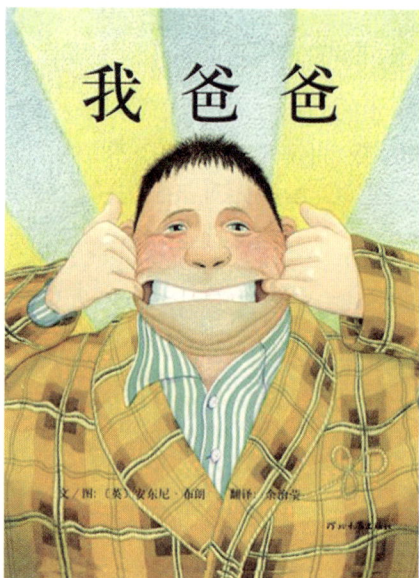

书名：我爸爸

作者：［英］安东尼·布朗/文·图
译者：余治莹
出版社：河北教育出版社
出版年：2007
开本：8 开
ISBN：978-7-5434-6458-2

作者简介：

安东尼·布朗（Anthony Browne），1946 年出生于英国，被公认为图画书界的"超现实派画家"。详见第 50 页。

内容简介：

"我爸爸，他真的很棒！""我爸爸什么都不怕，连坏蛋大野狼都不怕。""他可以从月亮上跳过去，还会走高空绳索。他敢跟大力士摔跤……"通过一句句简单朴实的语言和精心设计的排比句式，用孩子的口吻和眼光来描绘一位既强壮又温柔的爸爸。他不仅样样事情都在行、给孩子十足的安全感，还温暖得像太阳一样。

社会评价：

英国《独立报》评价本书"插图令人激赏难忘，用书本鲜见的方式颁扬了父母"；英国《妇女界》称许本书"全天下的父母和孩子都会爱上它"。

特点提示：

适合 3～6 岁亲子共读。

作者在图画中运用了许多太阳的图样来呼应爸爸阳光般的特质。两两相对的画面显示了爸爸性格中刚强与柔软、聪明与笨拙的相对特质。爸爸穿的衣服是黄色的格子睡袍，显得亲切温暖。每一幅画中的眼神都和爸爸的一样，充满了温柔和慈爱。作品语言快乐有趣，重复出现"我爸爸真的很棒！"的语句，塑造了一个可爱又崇高的爸爸形象。

相关书目：

书名：爸爸和我
作者：[英] 大卫·卢卡斯/文·图
译者：林昕

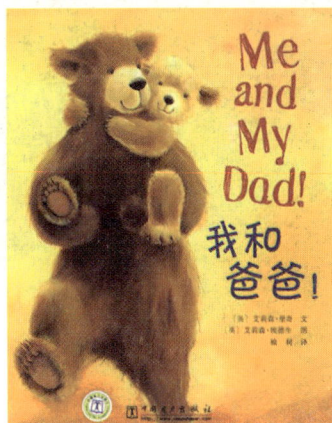

书名：我和爸爸！
作者：[英] 里奇 文
　　　[英] 埃德生 图
译者：榆树

书名：我爸爸
作者：[斯洛文尼亚] 莉娜·布拉普/文·图
译者：任溶溶

我爸爸

27. 生气的亚瑟——愤怒的发泄与缓解

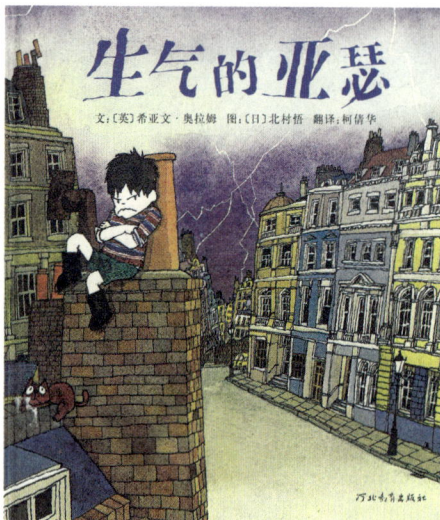

书名：生气的亚瑟

作者：［英］希亚文·奥拉姆　文
　　　［日］北村悟　图
译者：柯倩华
出版社：河北教育出版社
出版年：2009
开本：12 开
ISBN：978-7-5434-7318-8

作者简介：

希亚文·奥拉姆（Hiawyn Oram），英国著名童书作家，出生于南非。主要作品有《生气的亚瑟》、《土拨鼠的礼物》和《我的》等。其中，《生气的亚瑟》荣获英国 1983 年鹅妈妈新人奖。

北村悟（Satoshi Kitamura），1956 年出生于日本东京，插图绘制工作者，与希亚文·奥拉姆合作的《生气的亚瑟》一书，在 1982 年出版后取得了巨大成功。其主要作品有《字环》、《我和我的猫》等。

内容简介：

从前有一个男孩儿的名字叫亚瑟。有一天晚上，他想看美国西部牛仔片，不肯睡觉。妈妈让他去睡觉，不让他看得太晚，亚瑟就生气了。他非常、非常地生气，他的气爆发成闪电、雷和冰雹、旋风……气到足以把整个宇宙都震成碎片，在太空中漂浮！亚瑟坐在火星的碎片上想了又想，却想不起来自己究竟是为什么这么生气了。

社会评价：

第 11 届日本绘本奖特别奖；英国鹅妈妈新人奖（1983）。

特点提示：

适合 3～6 岁亲子共读。

文字简约冷静，为故事穿针引线，像稳健而不啰唆的导航员，不疾不徐地引领读者到达每一站重要的景点。然后，图画充分运用线条、色彩、明暗、布局和造型等元素，在每一个情节的波动之处，制造最恰当的象征、气氛和情境。文字和图画都安排得恰到好处，让读者"看到"亚瑟的怒气，并从中了解到生气的破坏性。

相关书目：

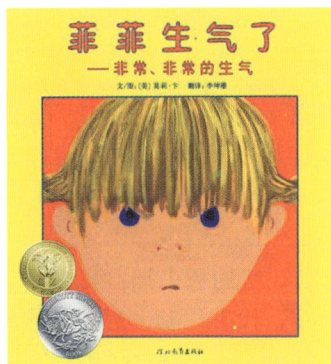

书名：菲菲生气了
作者：[美] 莫莉·卞/文·图
译者：李坤珊

书名：我好生气
作者：[美] 斯贝蔓/文·图
译者：黄雪妍

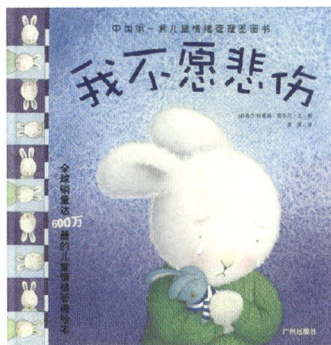

书名：我不愿悲伤
作者：[新西兰] 特蕾西·莫洛尼/文·图
译者：萧萍

28．我们要去捉狗熊——快乐的冒险游戏

书名：我们要去捉狗熊

作者：［英］迈克尔·罗森　文
　　　［英］海伦·奥克森伯里　图
译者：林良
出版社：河北教育出版社
出版年：2010
开本：12 开
ISBN：978-7-5434-7358-4

作者简介：

迈克尔·罗森（Michael Rosen），1946 年出生于英国。他是一位诗人、剧作家，同时是一位播音员和表演工作者。曾经荣获过非凡诗作奖和埃莉诺·法杰恩奖。代表作有《我们要去捉狗熊》、《迈克尔·罗森的悲伤之书》、《小兔子福福》及"赏心悦目的集锦书系列"等。

海伦·奥克森伯里（Helen Oxenbury），最受欢迎的童书插画家之一，1938 年出生于英国。她曾两次获得凯特·格林纳威大奖，代表作有《旺格的帽子和平凡之家的龙》、《爱丽丝漫游奇境》、《我们要去捉狗熊》、《农场主的鸭子》、《三只小狼和大坏猪》和《太多》。

内容简介：

有一户人家，趁着好天气要去捉狗熊，他们经过了高大摇摆的野草、又凉又深的河水、又深又黏的烂泥、好大好深的树林、又急又大的风雪、又窄又暗的山洞，终于在山洞里发现了一只狗熊，然而他们一见到巨大的狗熊，马上就掉头跑回洞口、跑回风雪中、跑回树林里、跑回烂泥地、再跑回野草地，最后打开自家大门，跑进卧室，盖上被子，吓得再也不敢去捉狗熊了。

社会评价：

第 14 届日本绘本奖特别奖；1988 年英国凯特·格林纳威奖提名；1989 年英国内斯尔·斯马尔蒂斯图书奖；1990 年美国《号角书》杂志年度好书奖；入选日本全国学校图书馆协会第 22 次"好绘本"；入选纽约公共图书馆"每个人都应

该知道的 100 种图画书"；入选日本儿童书研究会绘本研究部编《图画书·为了孩子的 500 册》。

特点提示：

适合 3～6 岁亲子共读。

从头至尾，每一句话都充满了一种高亢、韵味十足的音乐感。作者以重复的押韵的语句，把主角们带入一种冒险的情境。在重复的语句中，间隔着自然界的声音，显示了诗人充满节奏的韵律感，像是一幕童话诗剧。全书并非都是彩色。每当书中的五个主人公陷入困境的，画面是黑白；而当五个主人公知难而进、逃脱困境时，画面又会变成彩色。这一黑一彩，可以说是一种潜在的节奏，一次次把人的情绪推向高潮。

相关书目：

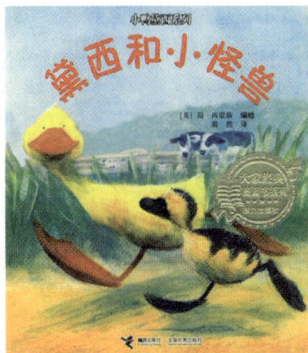

书名：黛西和小怪兽
作者：[英] 简·西蒙斯/文·图
译者：漪然

书名：蒙面侠来啦！Boo!
作者：[英] 柯林·麦克诺顿/文·图
译者：阿甲

书名：小船的旅行
作者：[日] 石川浩二/文·图
译者：蒲蒲兰

29. 外公——纯真善美的"隔代关系"

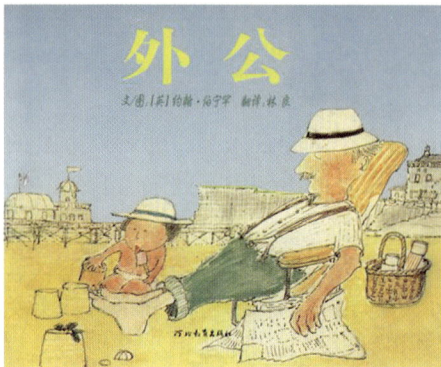

书名：外公

作者：[英] 约翰·伯宁罕/文·图
译者：林良
出版社：河北教育出版社
出版年：2008
开本：8 开
ISBN：978-7-5434-6888-7

作者简介：

约翰·伯宁罕（John Burningham），1936 年出生于英国萨里郡的法恩汉姆，1963 年他以《宝儿：一只没有羽毛的大雁》这部作品荣获英国凯特·格林纳威大奖，并成为世界最著名的童书创作者之一。

内容简介：

小女孩来到了外公的家里。爷孙俩一起在温室里种花，外公的花籽多得快没地方种了；而小女孩却在想，蚯蚓会不会上天堂？外面下起了瓢泼大雨，外公说起了诺亚方舟的故事，女孩问外公，房子会不会变成船？两个人坐在院子里，外公说这巧克力冰淇淋真好吃，女孩告诉他，那不是巧克力，是草莓。

爷孙俩还一起去海滩，一起去划船钓鱼，外公说，要是钓到了鱼就当晚饭吃；而小女孩却在想，要是钓上来一条鲸鱼该怎么办？

今天外公不能出来玩了，外公抱着女孩看电视，女孩想让外公当船长，明天一起去非洲。可是明天……外公的绿沙发上空了。

社会评价：

1984 年英国科特·马希特奖；日本全国学校图书馆协议会选定图书；日本儿童书研究会选定图书；入选日本精选世界 447 本童书的《图画书·孩子的书》。

特点提示：

适合 3～6 岁亲子共读。

文字采用对话的方式，十分生活化。虽然没有曲折离奇的故事情节，每一页却勾勒了祖孙两人的深厚感情。小女孩的天真与老外公的从未消失的顽童之心将故事徐徐推进。一张张来自生活细节的图画，点点滴滴在心头。画面是清新活泼的铅笔淡彩，不像是一本与死亡有关的书。结尾一张空空的沙发，不仅没有道出死亡的恐怖，还给读者留下了想象的空间以及对外公的无限回忆。

相关书目：

书名：我的奶奶真麻烦
作者：[英] 芭贝·柯尔/文·图
译者：曙光

书名：我的妈妈真麻烦
作者：[英] 芭贝·柯尔/文·图
译者：曙光

书名：我爱我的爷爷
作者：[奥地利] 沃尔夫·哈兰斯/文·图
译者：赖雅静

外公

30. 我想有个家——流浪老鼠找家的故事

书名：我想有个家

作者：［英］罗伦·乔尔德/文·图
译者：萧萍　萧晶
出版社：湖北少年儿童出版社
出版年：2010
开本：16 开
ISBN：978-7-5353-4762-6

作者简介：

　　罗伦·乔尔德（Lauren Child），1967 年出生于英国，曾在英国曼彻斯特工艺学校和伦敦艺术学院主修插画和复合媒体。详见第 48 页。

内容简介：

　　一只有着尖尖鼻子、小灯泡眼的褐色小老鼠盼望有自己的家，小老鼠的南美栗鼠朋友有着珠光宝气的家；另一个泰国猫朋友有着自由自在的家，主人从来不管它；大耳朵兔成天跟着主人表演马戏，过着刺激的生活；还有苏格兰小狗安德鲁，它的主人会喂它好吃的晚餐，还会整晚地和它一起玩拼图。可是小老鼠一直都没有找到主人，直到有一天近视的福士古先生以为小老鼠是只猫，认养了它。它能为福士古先生做好多事，于是他们就相依为命了。

社会评价：

　　2002 年"斯马尔蒂斯图书奖"金奖。

特点提示：

　　适合 3～6 岁亲子共读。

本书采用多种图画表现形式，用绘画和实物照片剪贴制作，形成一种独特的、富有童趣的效果。书中出现了许多生活中的元素，文字甚至安排在图片当中，使整个画面更为丰富有趣。小老鼠的孤独和寻找是最朴素的情感底线。当小读者为一只小老鼠找到新家而高兴不已时，他身上散发出来的真善美是这本图画书的伏笔。

相关书目：

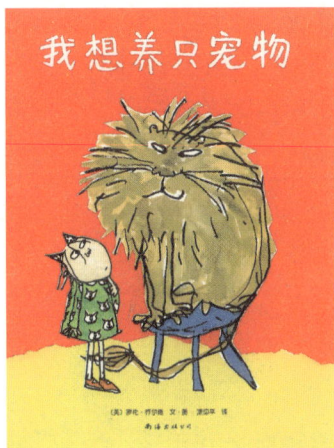

书名：我想养只宠物
作者：［英］罗伦·乔尔德/文·图
译者：漆仰平

书名：那时候，大家都戴帽子
作者：［美］威廉·史塔克/文·图
译者：刘清彦

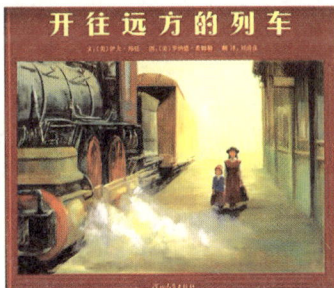

书名：开往远方的列车
作者：［美］伊夫·邦廷　文
　　　［美］罗纳德·希姆勒　图
译者：刘清彦

我想有个家

31. 鸭子农夫——拒绝懒惰

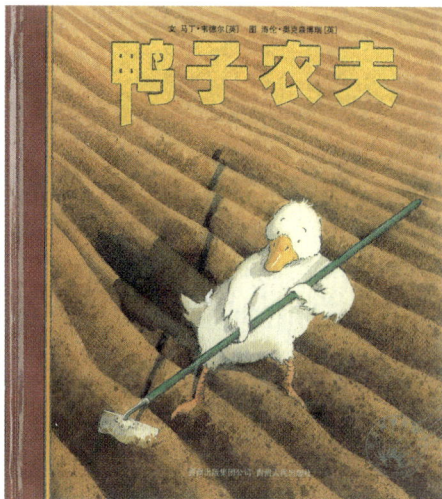

书名：鸭子农夫

作者：［英］马丁·韦德尔　文
　　　［英］海伦·奥克森博瑞　图
译者：漆仰平
出版社：贵州人民出版社
出版年：2008
开本：12 开
ISBN：978-7-221-07776-9

作者简介：

　　马丁·韦德尔（Martin Waddell），2004 年获国际安徒生奖作家奖，主要作品有《猫头鹰宝宝》、《睡不着吗？小熊》、《回家吧，小熊》、《你和我，小熊》、《做得好，小熊》。

　　海伦·奥克森博瑞（Helen Oxenbury），英国最知名的图画书女画家，曾因《我们去猎熊》、《三只小狼和大坏猪》多次获得凯特·格里纳威大奖提名。

内容简介：

　　从前有只鸭子，和一个懒惰的农夫一起生活。鸭子要干所有的活儿，农夫只管整天赖在床上。可怜的鸭子又困又累又伤心。农场的动物们很爱鸭子，它们都为朋友感到难过，于是决定反抗。牛、羊和鸡从后门偷偷溜进了农夫的房子，一起挤到农夫的床下，使劲晃。农夫被惊醒了，重重地摔到了地板上，被赶出了房子，被赶到了很远的地方，再也没有回来过。从此，农场里充满了欢乐的笑声。

社会评价：

　　被美国纽约图书馆评为"每个人都应该知道的 100 本图画书"；得到凯特·格林威金奖评委的强烈推荐；英国年度儿童图书插图奖；斯玛蒂斯图书奖。

特点提示：

适合 3～6 岁亲子共读，7 岁以上自主阅读。

懒惰的农夫和勤劳的鸭子形成鲜明的对比，这是一场反对懒惰的起义。文字具有节奏感，运用了拟声法及反复句式，把故事层层推进。图画里的神情细节刻画得特别好。农夫的慵懒、鸭子的忠厚耿直、鸡牛羊的打抱不平，这些细节都能让读者产生共鸣。

相关书目：

书名：鸭子骑车记
作者：[美] 大卫·香农/文·图
译者：彭懿

书名：谁藏起来了
作者：[日] 大西悟/文·图
译者：蒲蒲兰

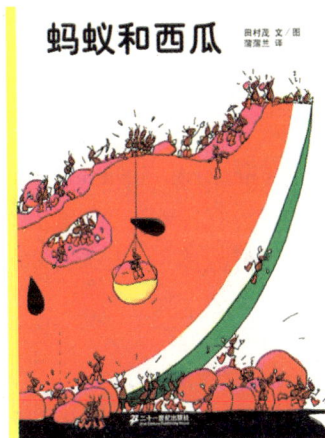

书名：蚂蚁和西瓜
作者：[日] 田村茂/文·图
译者：蒲蒲兰

鸭子农夫

32. 獾的礼物——认识死亡

书名：獾的礼物

作者：〔英〕苏珊·华莱/文·图
译者：杨玲玲　彭懿
出版社：明天出版社
出版年：2008
开本：16 开
ISBN：978-7-5332-5779-8

作者简介：

苏珊·华莱（Varley, S.），1961 出生于英国黑池。1984 年，当她还是一名学院学生时，就完成了第一本图画书《獾的礼物》。此书一出，即一鸣惊人。苏珊·华莱不仅获得了鹅妈妈新人奖的首奖，还在法国获得了数座奖项。

内容简介：

充满智慧的獾离开了他的身体，也离开了所有的动物朋友，虽然他在生前已常常告诉朋友他只是到了隧道的另一头，叫大家不要为他难过。但是，在寒冷的冬天里没有了獾，这对大家来说，实在是太难过了。直到春天来临后，所有的动物聚在一起怀念獾，说着獾以前与大家相处的种种，大家的悲伤才慢慢抚平，因为獾虽然永远离开了，但他所留下来的"礼物"却像矿藏一样，永远都在帮助有需要的人。

社会评价：

1985 年英国鹅妈妈新人奖；法国基金会奖（The Prix de la Fondation de France）；法国 Prix de Treize 奖；德国威廉·豪夫奖（German Wilhelm-Hauff Award）；入选日本全国学校图书馆协议会第 22 次"好绘本"；入选日本儿童书研究会绘本研究部编《图画书·为了孩子的 500 册》。

特点提示：

适合 3～6 岁亲子共读，7 岁以上自主阅读。

简洁的钢笔线条，加上那么几抹淡淡的水彩，画中常常出现黄色的草木，暗示着这是个悲伤的秋天。画者从秋天画到冬天，又从冬天画到春天，把一个永恒的关于死亡、爱和重新振作的故事寓意深长地契合到了四季的变化之中。

相关书目：

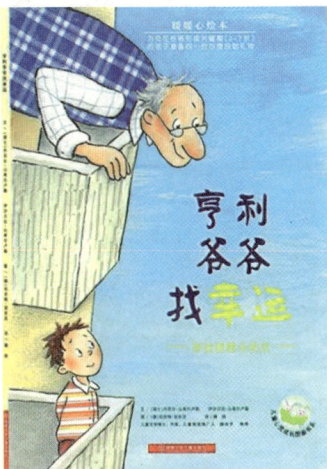

书名：亨利爷爷找幸运
作者：[瑞士] 丹尼尔·山希尔卢勒
　　　[瑞士] 伊莎贝拉·山希尔卢勒　文
　　　[德] 伯吉特·安东尼　图

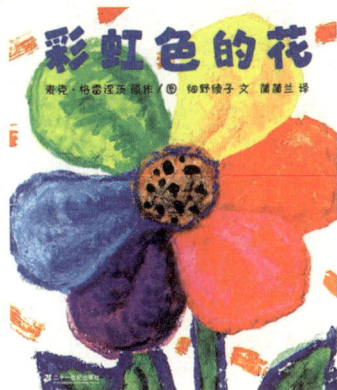

书名：彩虹色的花
作者：[日] 细野绫子　文
　　　[美] 麦克·格雷涅茨　图
译者：蒲蒲兰

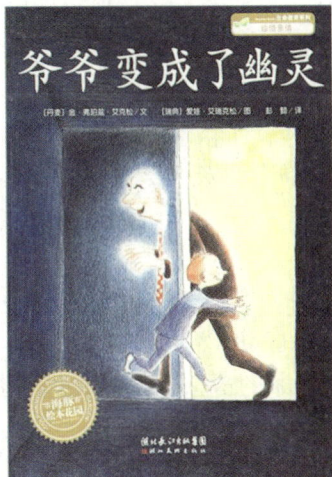

书名：爷爷变成了幽灵
作者：[丹麦] 金·弗珀兹·艾克松　文
　　　[瑞典] 爱娃·艾瑞克松　图
译者：彭懿

獾的礼物

33. 鼹鼠与小鸟——放飞的自由

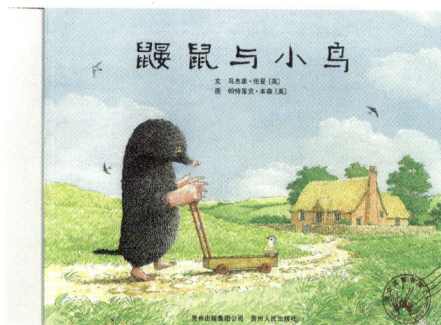

书名：鼹鼠与小鸟

作者：〔英〕马杰里·纽曼　文
　　　〔英〕帕特里克·本森　图
译者：漆仰平
出版社：河北教育出版社
出版年：2007
开本：16 开
ISBN：978-7-221-07745-5

作者简介：

资料不详，略。

内容简介：

小鼹鼠把一只从窝里掉下来的小鸟带回家照顾。它学会了照看小鸟，小鸟也一天天地长大。可是小鼹鼠渐渐地把小鸟当宠物来对待了，还弄了个笼子把小鸟放进去。爷爷来到小鼹鼠家，看到它的宠物鸟，就把小鼹鼠带到一个很高很高的山顶上。小鼹鼠终于体会到了飞翔的自由自在。于是回家后，他把小鸟放飞了。虽然不舍，可是看着自由飞翔的小鸟，小鼹鼠开心极了。

社会评价：

1984 年鹅妈妈新人奖；"史马蒂斯"奖提名；凯特·格林纳威大奖。

特点提示：

适合 3~6 岁亲子共读。

黄色温暖的色调、开阔空旷的天空，暗示着对自由的渴望。收养宠物、与宠物为伴是在孩童生活中常见的现象。爱像是与生俱来的情感。本书用小鸟的故事教育孩子学会换位思考，学会如何去爱。

相关书目：

书名：小伢和大鱼
作者：[荷兰] 马克斯·维尔修思/
　　　文·图
译者：漪然

书名：小嘀咕的幸福生活
作者：[加拿大] 梅兰尼·瓦特/
　　　文·图
译者：枣泥

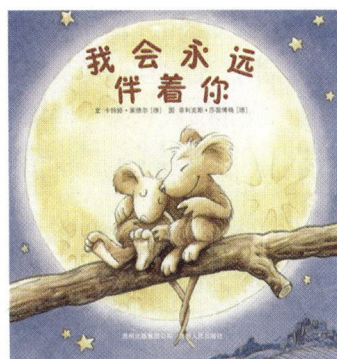

书名：我会永远伴着你
作者：[德] 莱德尔　文
　　　[德] 莎茵博格　图
译者：孔杰

鼹鼠与小鸟

34. 大野狼——阅读书中的大野狼

书名：大野狼

大野狼

文/图：〔英〕埃米莉·格雷维特
翻译：柯倩华

作者：〔英〕埃米莉·格雷维特/文·图
译者：柯倩华
出版社：河北教育出版社
出版年：2010
开本：8 开
ISBN：978-7-5434-7569-4

作者简介：

埃米莉·格雷维特（Emily Gravett），1972 年出生于英国，她的图画书充满了智慧与幽默。《大野狼》是埃米莉的处女作，这本书一经问世，便为她赢得了2004 年麦克米伦出版社插画奖，以及 2005 年凯特·格林纳威大奖。而埃米莉从此就一举成名，开始了她成就卓著、声誉非凡的职业图画书创作生涯。

内容简介：

一只兔子在图书馆里借了一本关于大野狼的书，他专注地读啊读啊，书中从狼群居的习性写到狼生活的环境，兔子越看越害怕，直到兔子看到狼不但喜食麋鹿、公牛等动物，而且还爱吃田鼠、兔子等各种小动物，兔子害怕极了。幸好，书中的狼是一只素食狼，而且是能和兔子分享果酱三明治并幸福生活在一起的狼。

社会评价：

2005 年凯特·格林纳威大奖。

特点提示：

适合 3～6 岁亲子共读。

与狼相关的是黑白的铅笔画，叙述的是书中的故事；兔子及其阅读的环境是彩色的，叙述的是现实的故事。书中的文字都是在描述狼的特征及习性，而图画在叙述大野狼和格兔子先生的故事。作者把两个故事同时进行，并结合起来浑然成为一个故事，可谓书中有书，创新独特。

相关书目：

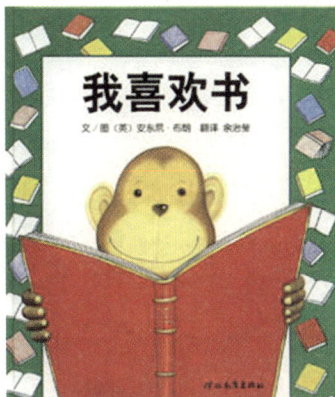

书名：我喜欢书
作者：［英］安东尼·布朗/文·图
译者：余治莹

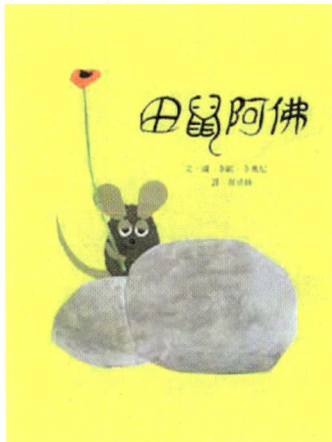

书名：田鼠阿佛
作者：［美］李欧·李奥尼/文·图
译者：阿甲

书名：吃书的狐狸
作者：［德］弗朗齐斯卡·比尔曼/文·图
译者：王从兵

大野狼

35. 宝儿：一只没有羽毛的大雁——生命的励志书

书名：宝儿：一只没有羽毛的大雁

作者：[英] 约翰·伯宁罕/文·图

译者：宋珮

出版社：河北教育出版社

出版年：2008

开本：16 开

ISBN：978-7-5434-6883-2

作者简介：

约翰·伯宁罕（John Burningham），1936 年出生于英国萨里郡的法恩汉姆。详见第 52 页。

内容简介：

宝儿生来就和别的大雁长得不一样——它没有羽毛，就连医生都没有办法。宝儿的妈妈为她织了一件很像羽毛的毛背心。穿着毛背心的宝儿遭到了他人的嘲笑，又加上毛背心的种种不便，宝儿耽误了学习飞行和游泳的好时机。天气开始变冷的时候，其他的大雁都迁徙到温暖的南方，宝儿只能留下来。在一个寒冷又下雨的晚上，宝儿登上了一艘船避雨。它通过自己的努力工作，与船长、大副和大狗福勒结为了朋友。最后，特别的她在皇家植物园里找到了自己的位置，成为了一只快乐的大雁。

社会评价：

1963 年英国凯特·格林纳威大奖。

特点提示：

适合 3～6 岁亲子共读，7 岁以上自主阅读。

这是一个"丑小鸭"式的故事、一本关于生命的励志书。故事结构清新、情感氛围恬淡而温暖。

粗重的线条很像水墨画中黑色的流转，除了勾勒轮廓外，还在粗细之中暗示着立体效果，在浓淡之中分别出光线的明暗，并在重复之中表达出动感。色彩和肌理的配合也很巧妙，野鸭身上的羽毛、沼泽区的植物、水面的涟漪与反光、天空的云层、弥漫在雾气中的落日、公园中色彩变化的树木等等，都值得细细欣赏。感受伯宁罕所营造出的自然景物与气氛，也是本书的特点之一。

相关书目：

书名：鸟儿在歌唱
作者：[荷兰]马克斯·维尔修思/文·图
译者：亦青

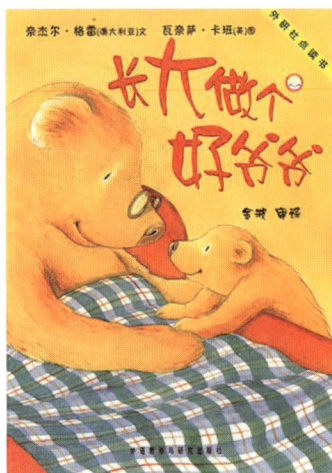

书名：长大做个好爷爷
作者：[澳大利亚]奈杰尔·格雷　文
　　　[英]瓦奈萨·卡班　图
译者：金波

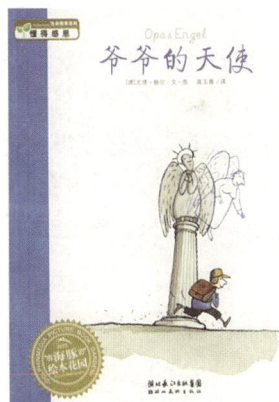

书名：爷爷的天使
作者：[德]尤塔·鲍尔/文·图
译者：高玉菁

宝儿：一只没有羽毛的大雁

36. 北风和太阳——拉封丹经典故事

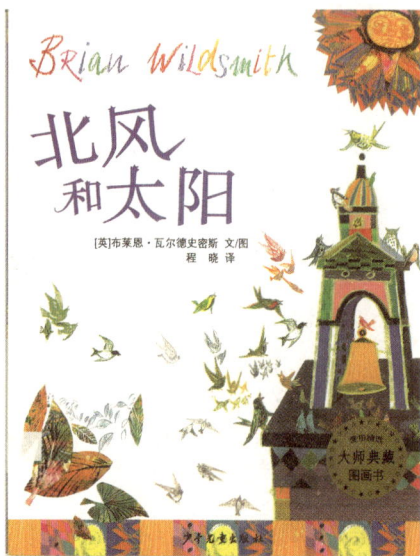

书名：北风和太阳

作者：[英]布莱恩·瓦尔德史密斯/
　　　文·图
译者：程晓
出版社：少年儿童出版社
出版年：2009
开本：16 开
ISBN：978-7-5324-7868-2

作者简介：

　　布莱恩·瓦尔德史密斯（Brian Wildsmith），1930 年出生于英国约克郡，毕业于巴斯利美术学院和伦敦大学艺术系（斯莱德美术学院），是英国图画书界的常青树，有着"华丽色彩大师"之称，是世界知名的大师级图画书作家。1962年的处女作《怀念史密斯 ABC》让他一鸣惊人，拿下英国插画界格林纳威大奖，这是英国图画书界的最高奖项。

内容简介：

　　北风和太阳看见一个穿着新斗篷的骑马人，它们要比一比看谁先让骑马人把斗篷脱下来。北风用尽全力地吹，风吹得叶子都落下来了，停靠在港口里的船都沉了，骑马的人却紧紧地抓住斗篷不放。轮到太阳发动攻势了，它慢慢地散发出热力，在灿烂的阳光下，花儿开了，动物们打起了瞌睡，骑马的人被晒得受不了，只好脱掉斗篷，跳进河里消暑。就这样，温暖和煦的太阳战胜了强大狂暴的北风，把斗篷从骑马的人身上脱下来了。

社会评价：

　　《北风和太阳》是《拉封丹寓言》中的名篇。

特点提示：

适合 3～6 岁亲子共读。

这是瓦尔德史密斯的代表作之一。他有着"华丽色彩大师"之称。其色彩艳丽的图画书简直就像是色彩交响曲。这在 20 世纪 60 年代的英国是一种大胆的构图，因为寓言是一个静止而让人感觉不到色彩的世界，经过非常新鲜的色彩处理，这则寓言苏醒而活跃起来了。

相关书目：

北风和太阳

书名：狮子和老鼠
作者：〔美〕杰里·平克尼/文·图
译者：吴青　陈恕

书名：龟兔赛跑
作者：〔英〕布莱恩·瓦尔德史密斯/
　　　文·图
译者：程晓

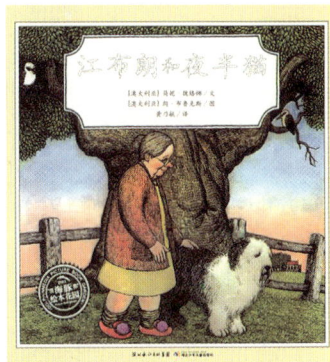

书名：江布朗和夜半猫
作者：〔澳大利亚〕简妮·魏格娜　文
　　　〔澳大利亚〕朗·布鲁克斯　图
译者：黄乃毓

日本及亚洲其他地区
——充满童真的图画书创作

在日本，用图画来表现故事的形式历史悠久。20世纪六七十年代起，日本的画家们积极与社会、民众和孩子们直接接触，为孩子画图画书这一热潮高涨开开始向"图画书艺术"进行挑战。自此，日本图画书逐渐在国际上获得了高度评价，被翻译成全世界的多种文字出版。日本的图画书以荒诞幽默的故事、富有童趣、充满创意想象的图画而闻名世界。它的发展也影响着亚洲的其他地区，是亚太地区的代表。

与西方国家不同，亚洲地区有自己独特的画风和人文风情。例如在中国的图画书中山水画、水墨画的表现手法居多，而印度则是一个叙事诗的世界。吸收各民族的传统而表达出来的故事和图画，可以让孩子们的视野更开阔。

37. 翡翠森林狼和羊·暴风雨之夜
——跨越种族的友情

书名：翡翠森林狼和羊·暴风雨之夜

作者：［日］木村裕一　文

　　　［日］阿部弘士　图

译者：彭懿

出版社：万卷出版公司

出版年：2009

开本：24 开

ISBN：978-7-80759-544-1

作者简介：

　　木村裕一，日本著名图画书、童话作家。代表作品有"狼和羊"系列，《打招呼的游戏人》、《野狼的大餐》及《雨停了》等。

　　阿部弘士，日本图画书画家。代表作品有"狼和羊"系列、《猩猩日记》、《刺猬布鲁布鲁》、《大家来逛动物园》等。

内容简介：

　　在那个暴风雨之夜，小羊咩咩和一只大野狼为了避雨，走进了同一间小屋。这对躲雨的同伴，在黑暗中倾心交谈，狼以为对方是狼，羊以为对方是羊。在电闪雷鸣中它们紧紧抱在一起，互相给予对方勇气和安慰。这个暴风雨之夜，让它们一见如故，找到了生命中的知己。于是约定天晴的时候一起野餐，接头的暗号是"暴风雨之夜"。雨过天晴，它们按照约定相遇了，此时才真相大白，知道彼此其实是天敌。但是暴风雨之夜的相依，让它们有足够的情感和勇气，跨越隔在它们之间的沟壑，依然当对方是最好的知己。

社会评价：

　　日本讲谈社出版文化绘本奖；日本产经儿童出版文化 JR 奖；改编成舞台剧获斋田乔戏曲奖；日本小学指定教材；日本全国图书馆协会指定藏书；德国慕尼

黑国立图书馆指定图书。

特点提示:

适合3~6岁亲子共读,7岁以上自主阅读。

这是一套跨时代和年龄的经典名作。故事采用连续剧的形式,大胆颠覆了传统童话中狼与羊势不两立的地位,狼与羊之间跨越种族的生死和友情令无数读者为之动容。

一则新颖的童话,讲述了一个古老的梦想:生命与生命之间的同情、友爱、和平。

——周国平

相关书目:

书名:翡翠森林狼和羊·暴风雪的明天
作者:〔日〕木村裕一 文
　　　〔日〕阿部弘士 图
译者:彭懿

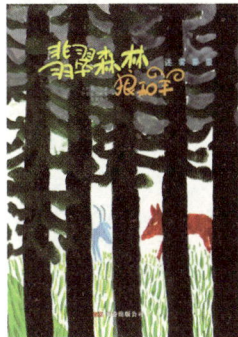

书名:翡翠森林狼和羊·迷雾蒙蒙
作者:〔日〕木村裕一 文
　　　〔日〕阿部弘士 图
译者:彭懿

书名:翡翠森林狼和羊·月圆之夜
作者:〔日〕木村裕一 文
　　　〔日〕阿部弘士 图
译者:彭懿

翡翠森林狼和羊·暴风雨之夜

38. 想吃苹果的鼠小弟——各有所长

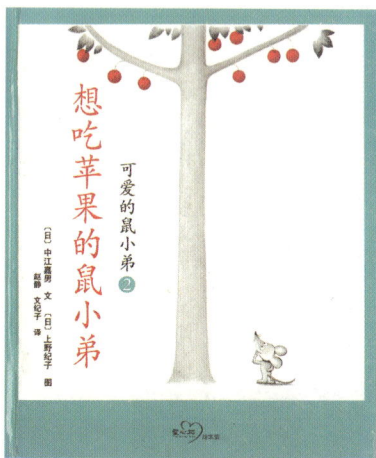

书名：想吃苹果的鼠小弟

作者：[日] 中江嘉男　文
　　　[日] 上野纪子　图
译者：赵静　文纪子
出版社：南海出版公司
出版年：2004
开本：16 开
ISBN：978-7-5442-2672-1

作者简介：

中江嘉男，出生于日本神户县，毕业于日本大学艺术学系美术专业。主要作品有《淘气的小拉拉》、《心灵绘本》等，其中《淘气的小拉拉》获日本绘本奖。

上野纪子，毕业于日本大学艺术系美术专业。主要作品有"可爱的鼠小弟"系列，获日本讲谈社出版文化绘本奖和厚生省儿童福祉文化奖。

内容简介：

高高的树上长着可爱的红苹果，鼠小弟好想吃。要是像鸟儿一样能飞，像猴子一样会爬树，像大象一样有长长的鼻子，像……多好啊，看到其他动物一个个使出自己的本领摘走苹果，鼠小弟很是羡慕。它学袋鼠跳，可是跳不高，学犀牛去撞树，结果碰了个鼻青脸肿。海狮虽然也没有其他动物那样的本领，可是，当它用顶球的绝活把鼠小弟抛到树上时，两个人就合作摘到了苹果。

社会评价：

1975 年日本讲谈社出版文化奖图画书奖；1975 年日本第 22 届产经儿童出版文化奖推荐；1975 年日本厚生省儿童福祉文化奖；入选日本全国学校图书馆协议会第 22 次"好绘本"；入选日本儿童文学者协会编《日本图画书 100 选》。

特点提示：

适合 3～6 岁亲子共读。

本书选自日本的经典图画书"可爱的鼠小弟"系列。整个系列最妙的是它的翻页效果，左边是文字，右边是图画。就算只看图画那一边也能阅读整个故事。文字短暂精简，像是在给可爱的鼠小弟配音。故事幽默风趣，让读者忍俊不禁。

相关书目：

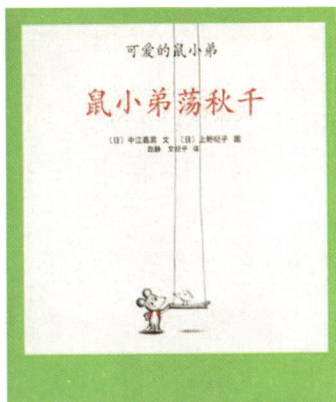

书名：鼠小弟荡秋千
作者：[日] 中江嘉男　文
　　　[日] 上野纪子　图
译者：赵静　文纪子

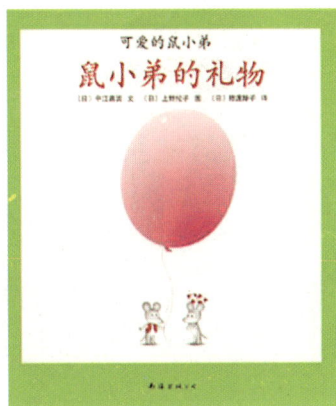

书名：鼠小弟的礼物
作者：[日] 中江嘉男　文
　　　[日] 上野纪子　图
译者：赵静　文纪子

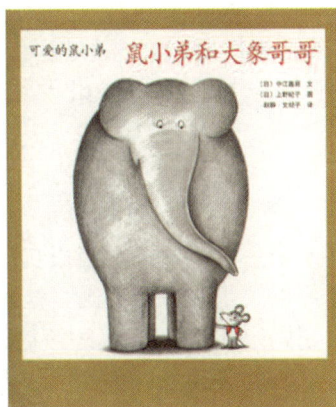

书名：鼠小弟和大象哥哥
作者：[日] 中江嘉男　文
　　　[日] 上野纪子　图
译者：赵静　文纪子

39. 永远永远爱你——身世的秘密

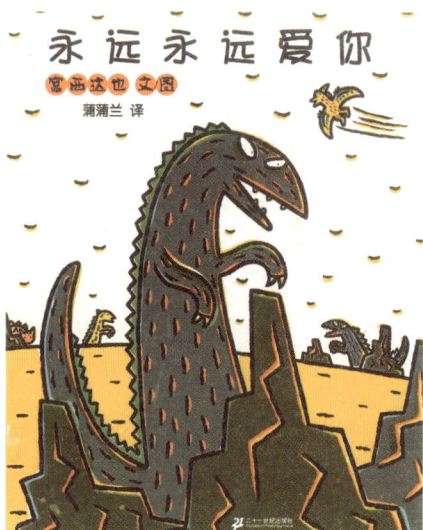

书名：永远永远爱你

作者：[日] 宫西达也/文·图
译者：蒲蒲兰
出版社：二十一世纪出版社
出版年：2008
开本：16 开
ISBN：978-7-5391-4193-0

作者简介：

宫西达也，1956 年出生于日本静冈县，是目前日本最活跃的图画书作家之一。作品充满天真趣味，并以温馨诙谐的故事和充满力度的画风独树一帜，其主要作品有《我是霸王龙》、《你真好》、《你看起来好像很好吃》、《好想要一个娃娃》、《三只饿狼想吃鸡》、《逃学的老鼠》等，曾荣获讲谈社出版文化奖绘本奖、读书推进运动协会奖等多个大奖。

内容简介：

一场暴风雨后，慈母龙妈妈从森林里捡回了一个蛋宝宝，把它当成自己亲生的宝宝一样关心和爱护。小宝宝破壳出生了，令慈母龙妈妈惊讶的是，捡来的蛋里跳出来的竟是可怕的霸王龙宝宝！不过，慈母龙妈妈还是把霸王龙宝宝留了下来，并给它起名良太，希望它永远心地善良。在妈妈的关爱下，小家伙一天天长大了。一天，良太独自出门，想给妈妈采很多很多的红果子，路上竟然遇到了可怕的霸王龙，霸王龙闻到良太的味道，它们相认了。从此，良太再也没有回到妈妈身边，妈妈在捡到良太的那片树林，发现了一座红果子堆成的小山。

社会评价：

与《我是霸王龙》、《你真好》是同一系列作品。作品延续了宫西达也的风格，以温馨诙谐的故事和充满力度的画风独树一帜。

特点提示：

适合 3～6 岁亲子共读。

作品充满趣味童真。温馨诙谐的故事正是宫西达也的风格。画面采用漫画的手法，抓住主角的感情变化，把故事层层推进。作者对恐龙眼睛有细微独到的刻画，从它的眼睛里可以看出喜悦、温馨、感动。

相关书目：

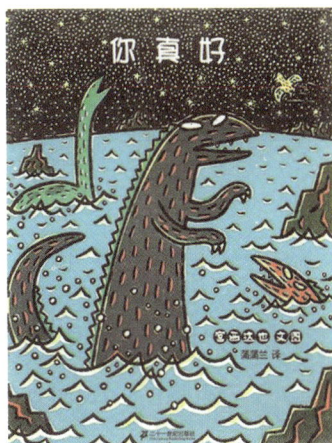

书名：你真好
作者：[日] 宫西达也/文·图
译者：蒲蒲兰

书名：我是霸王龙
作者：[日] 宫西达也/文·图
译者：蒲蒲兰

书名：今天运气怎么这么好
作者：[日] 宫西达也/文·图
译者：蒲蒲兰

40. 幸福的大桌子——团聚的意义

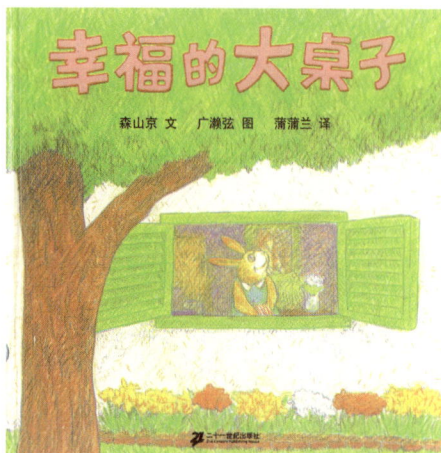

书名：幸福的大桌子

作者：[日] 森山京　文
　　　[日] 广濑弦　图
译者：蒲蒲兰
出版社：二十一世纪出版社
出版年：2008
开本：20 开
ISBN：978-7-5391-4063-6

作者简介：

森山京，1929 年出生于日本东京都。主要作品有"小狐狸"系列、《明天又是好日子》、《模仿猫旅行记》及《面包坊的小熊》等。

广濑弦，1968 年出生于日本东京都。他以扎实的素描功底、独特的用色、硬朗的线条、富有个性的造型创造出既俏皮幽默又温馨可爱的故事境界，主要作品有"河马的家政店"系列、《面包房的小熊》、《戴面具的小男孩》、《小猫咪诺去买鱼》、《甜瓜时间》、《遇到天空的神话》、《幻想探险西游记》等。

内容简介：

兔奶奶面对大桌子，独自吃晚饭，想起一家人围着大桌子吃饭、喝茶、聊天、休息时的快乐时光。那时候，6 个孩子在桌子上写作业、看图画书、下棋，有时，躲进桌子底下玩捉迷藏、过家家游戏；兔奶奶则在这张桌子上忙活；随着孩子长大，兔爷爷把自己做的椅子一把接一把改大，等所有的椅子都一样大了，孩子们却开始一个接一个地离开了家，开始了他们自己的生活，兔爷爷也在一年前离开了人世。兔子一家只剩下孤独的兔奶奶和那张充满热闹回忆的大桌子。

社会评价：

作者借着一张伴随六个孩子的成长、小有历史的大桌子，淡淡地陈述着一个家庭的发展，同时也呈现出生命成长的过程和生活发展的轨迹。一读、再读，会觉得淡而有味。这不仅是一本适合孩子的图画书，也适合父母、祖父母品读、检索自己人生的心灵思考书籍。

特点提示：

适合3～6岁亲子共读，7岁以上自主阅读。

每一幅画都充满温情，不变的是那张长长的桌子和布置整齐的家，寓意着这是一个永恒的避风港。充满温情的画面有时人多，有时则只剩下兔奶奶一个人，悲喜的交互出现道尽了岁月的变化，故事既平易优美，又发人深省。

相关书目：

书名：云朵面包
作者：[韩] 白嬉娜/文·图
译者：陈艳敏

书名：团圆
作者：余丽琼　文
　　　朱成梁　图

书名：花娘谷
作者：保冬妮　文
　　　小舟　图

41. 鲁拉鲁先生的自行车——老少同乐

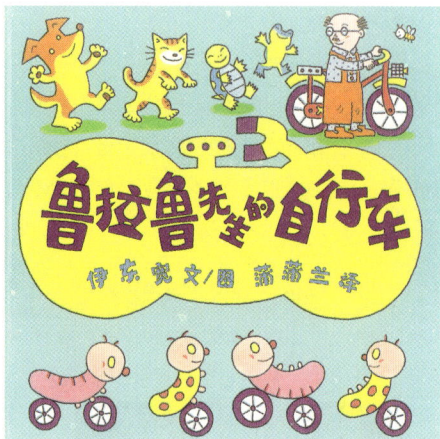

书名：**鲁拉鲁先生的自行车**

作者：[日] 伊东宽/文·图
译者：蒲蒲兰
出版社：二十一世纪出版社
出版年：2009
开本：12 开
ISBN：978-7-5391-3880-0

作者简介：

伊东宽，1957 年出生于日本东京都，主要作品有《鲁拉鲁先生的院子》、《云娃娃》、《猴子的日子》、《猴子是猴子》、《变成猴子的日子》等，以诙谐幽默的风格和独特的造型深受读者的青睐。

内容简介：

星期天，鲁拉鲁先生骑自行车出门，遇到了一只小老鼠，小老鼠要求将它驮在后面，他笑嘻嘻地欣然接受了；谁知小老鼠身后带着一大群小动物，动物们都坐在鲁拉鲁的车子上了。刚到山岗的那一刻，自行车哧溜溜滑了下去，因为车子太重，车闸不灵了，自行车稀里哗啦掉进了小河里。他们在河里玩了一会儿才来到河滩上，喝着茶，吃着刚从河里捞到的鱼，等衣服都晒干了，大家又坐上了鲁拉鲁先生的自行车回家。

社会评价：

本书与《鲁拉鲁先生的院子》、《鲁拉鲁先生请客》是同一系列的书。在从庭院到厨房到自行车这三本书里，鲁拉鲁先生的表情渐渐变得柔和、变得丰富；最初他的身体语言绷得直直的，后来增添了动感；画面的颜色也显得越来越热闹。鲁拉鲁先生变成一个通融的、乐呵呵的老头儿了，他特别能理解小朋友们那些看似无理的、天真烂漫的小愿望。

特点提示:

适合 3～6 岁亲子共读。

图画像孩子的简笔画，简单的线条、多彩的颜色，适合孩子模仿。这是一个欢乐的故事，故事里充满了笑脸。虽然没有明显的教育主题，但随着自行车的行走，仿佛完成了一则游戏，适合孩童从不常规的事情里找到乐趣。

相关书目:

书名：鲁拉鲁先生的院子
作者：[日] 伊东宽/文·图
译者：蒲蒲兰

书名：鲁拉鲁先生请客
作者：[日] 伊东宽/文·图
译者：蒲蒲兰

书名：和甘伯伯去游河
作者：[英] 约翰·伯宁罕/文·图
译者：林良

42. 活了 100 万次的猫——生命的意义

活了 100 万次的猫

[日] 佐野洋子 著
唐亚明 译

书名：活了 100 万次的猫

作者：[日] 佐野洋子/文·图
译者：唐亚明
出版社：接力出版社
出版年：2004
开本：12 开
ISBN：978-7-80679-509-5

作者简介：

佐野洋子，1938 年出生于中国北京，日本著名图画书作家。他的创作手法豪迈、不拘形式，有时用彩色铅笔勾勒可爱的动物造型、有时以毛笔挥洒线条、或用油画粗犷呈现主题，画风独树一格，不落俗套。其主要作品有《我的帽子》、《活了 100 万次的猫》、《老伯伯的伞》等，获得了日本政府颁发的以艺术家为对象的紫绶褒章。

内容简介：

有一只 100 万年也不死的猫，它死了 100 万次，又活了 100 万次。有 100 万个人宠爱过它，有 100 万个人在它死的时候哭过，可是它一次也没哭过，它先是国王的猫，然后又是水手、魔术师、小偷、孤老太太和小女孩的一只猫，但它活得浑浑噩噩，对一切漠不关心，直到有一天，它变成了一只属于自己的野猫，爱上了一只美丽的白猫，它才头一次知道为什么而活。当心爱的白猫死去时，它宁愿死去，因为对它来说，没有了爱，再浑浑噩噩地活 100 万次又有什么意义呢？猫再也没有活过来。

社会评价：

2005 年日本学校图书馆协议会第 23 次"好图画书"；日本学校图书馆协议会选定图书；日本中央儿童福祉审议会推荐图书；入选日本儿童书研究会绘本研究部编《图画书·为了孩子的 500 册》。

特点提示：

适合 3～6 岁亲子共读，7 岁以上自主阅读。

佐野洋子笔下的猫，与我们看惯了的那些可爱的猫不同，它们从来不向人献媚，总是那么孤独而高傲。猫的前几世都以浓墨的背景描述，直到白猫出现后，画面变得清新简洁，宛若柔情似水。故事蕴涵着深刻的人生哲理，值得反复品味。

相关书目：

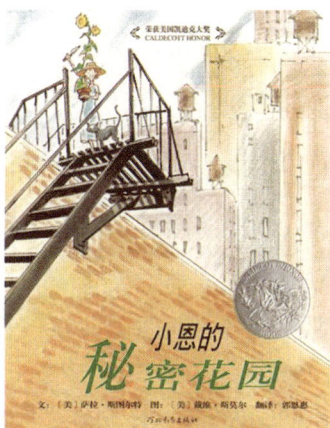

书名：小恩的秘密花园
作者：[美]萨拉·斯图尔特　文
　　　[美]戴维·斯莫尔　图
译者：郭恩惠

书名：世界为谁存在?
作者：[英]汤姆·波尔　文
　　　[澳大利亚]罗伯·英潘　图
译者：刘清彦

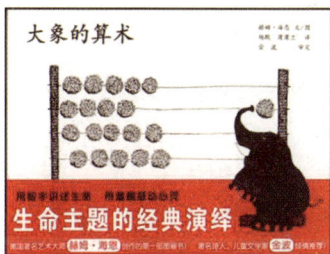

书名：大象的算术
作者：[德]赫姆·海恩/文·图
译者：杨默　蒲蒲兰

43. 桃花源的故事——对美好生活的向往

桃花源的故事

松居直 · 蔡皋 · 唐亚明

书名：桃花源的故事

作者：[日] 松居直　文
　　　蔡皋　图
译者：唐亚明
出版社：上海人民美术出版社
出版年：2009
开本：12 开
ISBN：978-7-5322-5717-1

作者简介：

　　松居直，1926 年生于日本京都市，主要作品有《什么叫图画书》、《看图画书的眼睛》、《图画书时代》、《到图画书的森林中去散步》、《桃太郎》、《木匠和鬼六》、《信号灯眨眼睛》等多种图画书，获"儿童文化功劳者"称号及"美孚儿童文化奖"等大奖。

　　蔡皋，1946 年生，湖南长沙人。从事图书编辑工作，工作之余从事绘本创作，陆续创作了多部图画书作品。2000 年被聘为第 34 届波隆那国际儿童图画书插图展评选委员。

内容简介：

　　传说在武陵的一个渔夫，沿着一条河航行，忽然看到山中有一个缺口，就丢下船从这个缺口里走进去，发现了另外一个世界。在这个世界里，土地平旷，房屋整齐，人民生活古朴而富裕，男女老少熙熙为乐，看到渔人大吃一惊，纷纷请他回家吃饭饮酒，自称祖先是为了逃避秦时的战乱，逃进桃花源来生活。这些人不知道秦以后有过汉朝，汉朝以后又有晋朝。渔人在这桃花源里住了好几天，想家了，就与他们告别。出了桃花源以后再去寻找，就再也找不到了。

社会评价：

　　《桃花源的故事》由被誉为"日本图画书之父"的松居直先生根据中国古代

文学家陶渊明最有代表性的散文《桃花源记》编写而成，此绘本实为经典故事、名家名作。

特点提示：

适合 7 岁以上自主阅读。

这部作品的故事风格清爽，语言质朴，寓意深远。蔡皋先生采用具有中国特色的水墨风格，再现如仙境般的桃花源。娇艳入目的桃花、乐也融融的生活气息，直叫人心醉。画者抓住中国人以饭局联系感情的特点，加入人物相饮甚欢的场面，表达了对美好生活的向往之情。

相关书目：

书名：木匠和鬼六
作者：[日] 松居直　文
　　　[日] 赤羽末吉　图
译者：季颖

书名：苏和的白马
作者：[日] 大塚勇三　文
　　　[日] 赤羽末吉　图
译者：[日] 猿渡静子

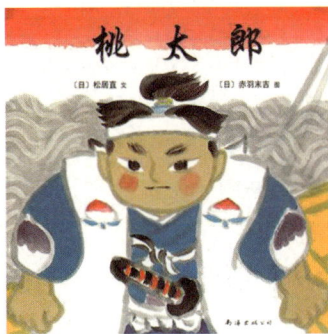

书名：桃太郎
作者：[日] 松居直　文
　　　[日] 赤羽末吉　图
译者：[日] 猿渡静子

44. 小牛的春天——成长的喜悦

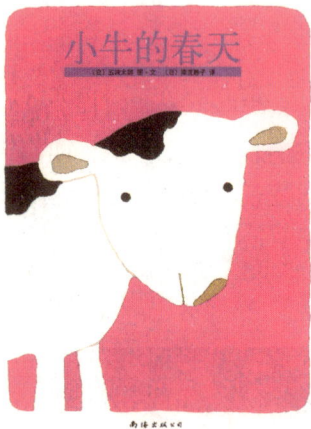

书名：小牛的春天

作者：〔日〕五味太郎/文·图
译者：〔日〕猿渡静子
出版社：南海出版公司
出版年：2008
开本：16 开
ISBN：978-7-5442-4241-7

作者简介：

五味太郎，1945 年出生于日本东京，至今已出版了三百多本独具特色的图画书。其代表作品有《藏在谁那儿了?》、《鳄鱼怕怕 牙医怕怕》、《谁吃掉了?》和"语言图鉴"系列等。他的图画书已有几十本被译成外文，是日本在海外知名度最高的图画书作家。

内容简介：

春天来了，雪融化了，小草冒出了嫩芽，花儿开了，小牛还是很小；夏天，草儿长得很茂盛，风儿吹过，满眼一片绿油油，小牛慢慢地长大了；秋天，是收获的季节，田野一片金黄，充满了喜悦；冬天来了，很冷呀，下大雪了，雪花铺满地，到处白茫茫的，孩子们出来打雪杖、滑雪。一转眼春天又来了，雪融化了，小牛的角长出了一点点。稚气十足的小牛出现在春意盎然的桃红色中，为我们带来了气象万千的四季景色。当时间重新回到春天时，我们在和小牛一起长大!

社会评价：

意大利博洛尼亚国际儿童书展插画奖；日本全国学校图书馆协议会选定图书。

特点提示：

适合 3～6 岁亲子共读。

这是五味太郎创意图画书的代表作品。作者运用文字和图画的双重叙事功能，巧妙地设计出了两条故事线索：一条是关于春夏秋冬四季的交替，一条是关于小牛的成长，故事用四季的变化寓意着小牛的成长。图画简单清新，每幅画都分为上下两截，上面是天空的变化，下面是草丛的变化，而小牛只出现在开头和结尾，中间部分只是描述了一年的过去，可谓手法独特，别出心裁。巧妙新颖的构思、妙趣横生的想象，让每个人都体味到生命带给我们的感动。

相关书目：

书名：两棵树
作者：［法］伊丽莎白·布莱美　文
　　　［法］克里斯托夫·布雷恩　图
译者：麦小燕

书名：巴士到站了
作者：［日］五味太郎/文·图
译者：朱自强

书名：小种子
作者：［美］艾瑞·卡尔/文·图
译者：蒋家语

45. 绅士的雨伞——物尽其用

书名：绅士的雨伞

作者：[日] 佐野洋子/文·图
译者：唐亚明
出版社：接力出版社
出版年：2008
开本：16 开
ISBN：978-7-5448-0400-4

作者简介：

佐野洋子，1938 年出生于中国北京。详见本书第 88 页。

内容简介：

绅士有一把非常漂亮的大黑伞，出门的时候总是带在身边。他十分珍视他的宝贝雨伞，遇到刮风下雨，宁愿淋雨或找地方躲雨，甚至要麻烦别人，也不愿将伞打开来用；有时还干脆不出门，以免自己心爱的伞受损。由于过于爱惜自己的雨伞，以至于在不知不觉中忘却了雨伞的真实作用。一天，一个小男孩跟他一起在树下避雨，请求绅士打伞带他走，绅士装做没听见。小男孩的好朋友打着伞来了，两位小朋友一路走一路唱歌："下雨了，滴答答。下雨了，哗啦啦。"这是最美的声音，它直接落在了绅士的心里，他终于打开了雨伞，看着雨中奇妙的世界，享受着雨伞赐予的美好。

社会评价：

本作品获厚生省中央儿童福祉审议会推荐奖，日本产经儿童出版文化奖推荐奖；是全国学校图书馆协议会选定图书，日本图书馆协会选定图书，日本童书研究会选定图书。

特点提示:

适合 3～6 岁亲子共读。

这是一本妙趣横生、使人会心一笑的图画书。黑色的外套、黑色的雨伞、黑色的帽子，从装束就已经看出了绅士的执拗。作者将背景留白，运用单纯的蓝色、简单朴拙的线条，勾勒出绅士与路人惟妙惟肖的神情和动作。故事的转折点由一位小孩子的提醒带出来，淡淡的水彩画出了大雨淋漓的酣畅。

相关书目:

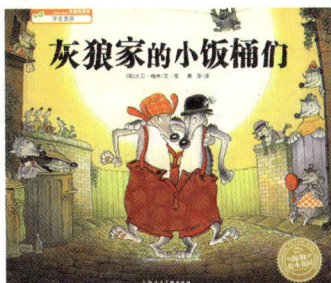

书名：灰狼家的小饭桶们
作者：[英] 大卫·梅林/文·图
译者：萧萍

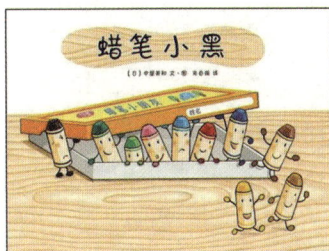

书名：蜡笔小黑
作者：[日] 中屋美和/文·图
译者：朱自强

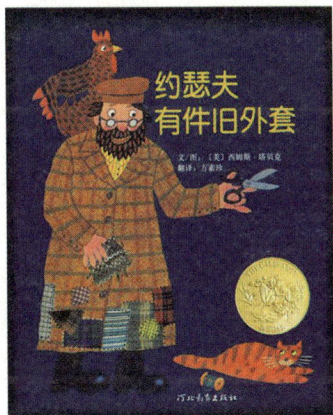

书名：约瑟夫有件旧外套
作者：[美] 西姆斯·塔贝克/文·图
译者：方素珍

46. 黄雨伞——雨中畅想

书名：黄雨伞

作者：〔韩〕柳在守　图
出版社：接力出版社
出版年：2009
开本：16 开
ISBN：978-7-5448-0724-1

作者简介：

柳在守，毕业于韩国弘益大学绘画专业，代表作品有《白头山的故事》、《在妈妈怀中睡着》、《石头和长寿梅》等。《黄雨伞》于 2002 年被《纽约时报》评为"年度最佳图画书"。

内容简介：

下雨呢！我们去上学。我撑着黄色伞。我们撑的都是漂亮的伞，黄的、蓝的、红的、绿的，我们走在路上，路上就变成了黄的、蓝的、红的、绿的伞的路了。我们上了桥，桥上也就有了伞的绿、伞的红、伞的蓝、伞的黄了。我们走到了铁路前，我们红、黄、蓝、绿全停下，火车"轰"开过来了，火车"呼"开过去了。火车上的人看见我们了吗？他们是不是说："鲜艳！"现在，我们鲜艳地过马路，车全停下了。你们看见了没？鲜艳地过马路的时候，谁走在第一个呢？对的，就是我啊，就是我的黄颜色啊！

社会评价：

2002 年《纽约时报》"年度最佳图画书"；《纽约时报》好书奖；《父母杂志》年度好书；美国国家公共广播周末版回顾好书；美国国家公共广播世界推荐好书；国际儿童读物联盟（IBBY）残疾儿童图书奖。

特点提示:

适合 3~6 岁亲子共读,7 岁以上自主阅读。

颜色润泽,巧用分层、叠加、刷痕等手法营造出下雨的气氛,全书没有一个文字,可是下雨的气息扑面而来。雨中,一把黄色的雨伞飘动在小路上,一会儿,蓝雨伞、红雨伞、绿雨伞、粉红雨伞也飘来了,它们飘过路口,飘过游乐场……看上去像是万紫千红的花朵。每把小伞下面都有一个秘密,伞和伞之间都有故事,颜色之间都有愉快的节奏,红色、黄色、绿色、蓝色……越来越多,镜头拉得越来越高,悬念一直到最后,留给读者丰富的想象空间,感受幻想之美。

相关书目:

书名:七彩下雨天
作者:〔韩〕金静华　文
　　　〔韩〕姜香英　图
译者:蒲蒲兰

书名:下雨天
作者:〔美〕彼得·史比尔　图

书名:一个下雨天
作者:〔俄罗斯〕法拉力·戈巴契夫/文·图
译者:蒲蒲兰

47. 荷花镇的早市——江南水乡独特风情

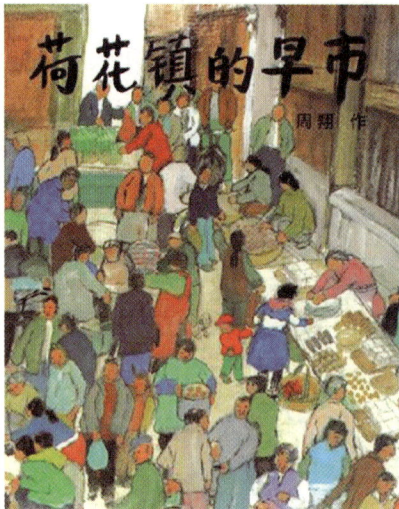

书名：荷花镇的早市

作者：周翔/文·图
出版社：二十一世纪出版社
出版年：2006
开本：12 开
ISBN：7-5391-3405-4

作者简介：

　　周翔，1956 年生于陕西凤翔，毕业于南京艺术学院美术系，现任江苏少年儿童出版社《东方娃娃》主编。其主要作品有《小猫和老虎》、《泥阿福》、《贝贝流浪记》、《小青虫的梦》，曾获全国优秀少年儿童读物一等奖、国际儿童读物联盟中国分会（CBBY）第一届小松树奖等。

内容简介：

　　小男孩阳阳跟随爸爸妈妈回家乡给奶奶祝寿。清晨，他跟着姑姑到水乡集市去买东西，睁大好奇的双眼，看着都市生活里从未出现的新鲜事物和乡俗风情：米酒、小猪、斑驳的船影、刚出壳的小鸡、露天的大戏、接新娘的花轿……描绘了诗意盎然的水乡景色和朴素温暖的水乡人情，这个生活在大都市的小男孩对江南水乡独特的风情兴奋不已。水乡人的聪颖与淳朴，远离喧嚣的沉静与安宁，江南温暖、纯净如梦的家园深深地吸引着他。

社会评价：

　　2006 年"六一"期间，这本书在中国大陆和日本同时出版，这在中日图画书出版史上还是第一次。

　　这不是那种能让孩子兴高采烈的绘本，而是大人特别愿意和孩子一起分享的书，特别适合一家人一起读，感受那种似乎已经有点遥远的静静的温情。

——红泥巴书评

特点提示：

适合 3~6 岁亲子共读。

这是一个非常恬静的故事，没有跌宕起伏的情节，画面只是一幅幅温馨的水乡集市场景，江南的人、江南的桥、江南的风景、江南的诗意流淌于绘本之中。一幅幅水乡风情画面，都蒙着一层淡淡的绿色，看上去温馨、和谐，一种怀旧的情怀油然而生。这是周翔先生的童年回忆，表达了对平和安宁的生活充满向往。这淡淡的怀念心情化作这 17 幅画，洋溢着人情爱意，相信能触动孩子们的心灵。本书特别适合一家人一起读，感受那种似乎已经有点遥远的静静的温情。

相关书目：

书名：赶牛车的人
作者：[美] 唐纳德·霍尔　文
　　　[美] 芭芭拉·库尼　图
译者：匡咏梅

书名：荷花回来了
作者：熊亮　文
　　　马玉　图

书名：雪人
作者：[英] 雷蒙·布力格　图

——温馨浪漫的图画书创作

　　法国是一个艺术氛围浓厚的国家，无论在文学上还是在美术上都有着在世界上无与伦比的传统，不断创造出优秀的作品。温馨感人的故事，优美质感的画面，总是能让人的心都变得柔软起来，渗透着一种让人难忘的、不可思议的魅力。法国图画书的故事内容题材比较传统，关注人文、关注环境，充满了对生活、对生命的热爱。从这些图画书当中，孩子总能学会一些方法，可以从城市化所笼罩的整个生活中摆脱出来。

48. 有你，真好——难舍难分的友谊

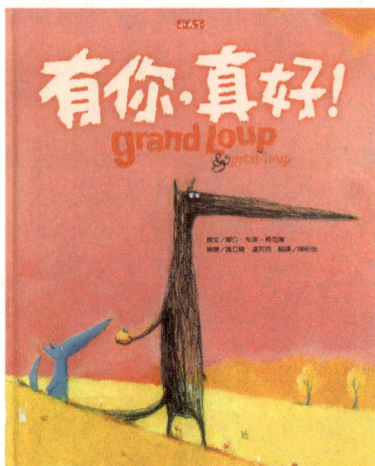

书名：有你，真好

作者：[法] 娜汀妮·布罕-柯司莫　文
　　　[法] 奥立维·达列克　图
译者：陈妮怡
出版社：天下远见出版股份有限公司
出版年：2009
开本：16 开
ISBN：986-417-716-8

作者简介：

　　娜汀妮·布罕-柯司莫（Nadine Brun-Cosme），出生于 1960 年，法国作家，从事过儿童与青少年工作。她的创作灵感源自对日常生活的敏锐观察，其作品笔触细腻，擅长刻画心理，文字中透出的淡淡诗意和温暖，深深打动了孩子们的心。

　　奥立维·达列克（Olivier Tallec），1970 年出生于法国不列塔尼，是法国深受欢迎的插画家。他善于运用不透明水彩大笔挥洒出鲜艳明亮的色彩，再加上炭笔勾勒，明快的笔法以及表现性的线条，构筑出生动的画面，而且充满法式幽默，令其作品呈现出田园诗般唯美生动的风格。

内容简介：

　　有一只大野狼独自住在山丘上，一天，一只小野狼突然闯进了它的地盘。它们在大树下，谁也不说话，只是偷偷地瞄瞄对方，没有任何恶意。晚上，它们都在树下睡着了，盖着同一张被子。天亮了，大野狼爬到树上做运动，小野狼也跟着它做运动。大野狼享用午餐的时候，专门多准备了一份放到小野狼面前。饭后大野狼出去散步，他走下山丘、穿过田野，然后往回看了一眼大树下的小野狼，这时候的小野狼看起来更小了。天黑了，当他往回走时，没有发现小野狼，它感到很难过，第一次不想吃饭、不想睡觉，静静地等小野狼回来。当小野狼消失后，它才意识到小野狼在心中的分量。它日日夜夜期盼着小野狼回来，直到远方又出现了一个小野点，原来是小野狼回来了。

社会评价：

2006 年法国电视台最佳儿童读物奖；2006 年法国儿童文学奖；2006 年法国特鲁瓦地区书展最佳儿童绘本奖；2007 年法国瑟堡地区书展最佳儿童绘本奖。

特点提示：

适合 3～6 岁亲子共读，7 岁以上自主阅读。

故事里的狼有别于传统图画书中的狼。书名《有你，真好》定格了整本书的中心。作者不仅没有把它们刻画得凶猛，反而刻画得可爱可亲。温馨淡雅的色彩在油墨的渲染下显得格外精致细腻。大块的色彩组合及变换，推动着故事的发展。小野狼像是大野狼生活中获得的礼物，让人想去珍惜、去呵护。

相关书目：

有你，真好

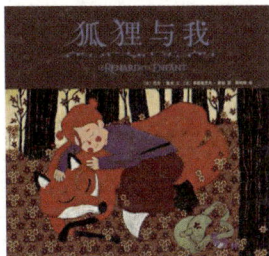

书名：狐狸与我
作者：[法] 吕克·雅克　文
　　　[法] 弗雷德里克·蒙梭　图
译者：邢培健

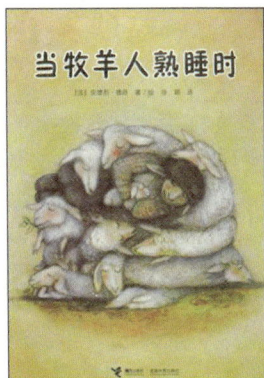

书名：当牧羊人熟睡时
作者：[法] 安德烈·德昂/文·图
译者：徐颖

书名：雨天的礼物
作者：[日] 福泽由美子/文·图
译者：崔维燕

49. 小小恋人——恋爱的味道

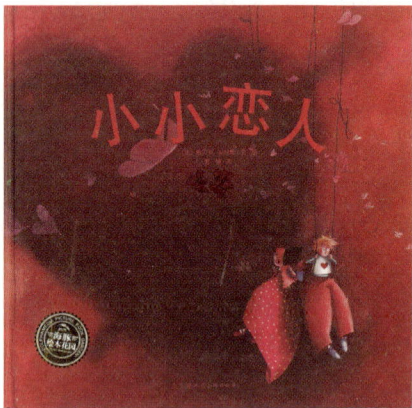

书名：小小恋人

作者：[法] 海贝卡·朵特梅/文·图
译者：曹慧
出版社：上海人民美术出版社
出版年：2008
开本：12 开
ISBN：978-7-5322-5582-5

作者简介：

海贝卡·朵特梅（Rebecca Dautremer），1971 年出生于法国盖普，毕业于巴黎国立高等装饰艺术学院，是法国知名的图画书画家，画风精致细腻。

内容简介：

厄尼斯老爱捉弄莎乐美，莎乐美把这件事告诉了妈妈，但妈妈竟然说，那是因为厄尼斯爱上了她。可是，恋爱是什么呢？她去问小朋友们，有的说恋爱会坠入情网，于是莎乐美认为是从自行车上摔下的感觉；有的说恋人像童话故事里的王子与公主一样，于是莎乐美认为恋人都是虚构的；有的说恋爱会心痛，于是莎乐美认为恋爱很累人；有的说恋爱两个人才好，三个、四个也行，于是莎乐美暗想，到底要多少人才好呢？有的说恋爱仿佛一场梦，会在天空中飞，于是莎乐美得出了一个结论：恋爱时人们就变成了天使。小朋友们以天真的口吻，诉说了心目中对"恋爱"的想法与猜测，充满了趣味与天真的答案令人莞尔。

社会评价：

爱与被爱是每个人一生都在不断学习的课题，爱是怎么发生的？过程怎么样？爱有烦恼时该怎么解决？不妨利用如此唯美的图画书，与孩子优雅地共读，也可"引申"谈一谈厄尼斯与莎乐美、父母与孩子、同学与同学、爸爸与妈妈等等，应该如何相处相爱呢？及早给孩子一种正面的、男女平等的观念，是现代父母刻不容缓的重任。

——方素珍（著名儿童文学作家、绘本阅读推广人）

特点提示：

适合 3～6 岁亲子共读，7 岁以上自主阅读。

这本书的装帧十分精美，大大的红色硬皮封面，像一份礼物，画面也很特别，绘者以悬丝玩偶的娃娃图像刻画出书中各个角色，充满想象力以及趣味，画风细腻，呈现出十足的想象力与活泼的童趣。

恋爱对于孩童来说是一个敏感话题，像迷一样神秘。作者大胆采用这个题材，并以对话的形式、儿童的口吻谈了关于恋爱的特征和意义，这将有效地解决了家长的尴尬。

相关书目：

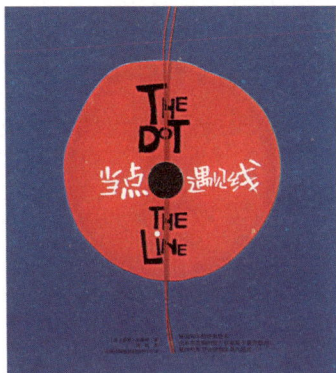

书名：当点遇见线
作者：[美] 诺顿·杰斯特/文·图
译者：黄钦

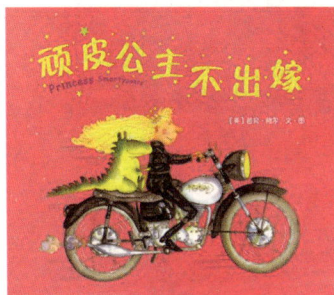

书名：顽皮公主不出嫁
作者：[英] 芭贝·柯尔/文·图
译者：漪然

书名：小猪的爱情
作者：[比利时] 艾米莉·贾德/文·图
译者：麦小燕

法国

小小恋人

50. 你大我小——从大小对比中体味生命的历程

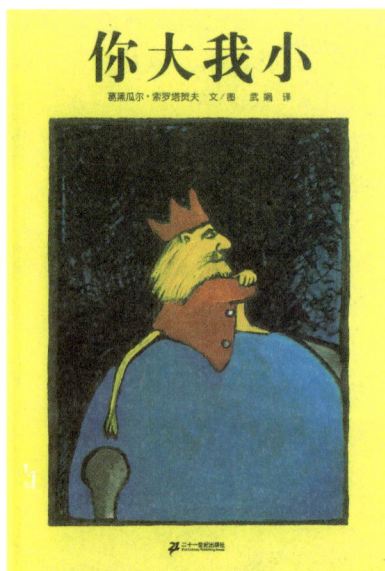

书名：你大我小

作者：[法] 葛黑瓜尔·索罗塔贺夫/
　　　文·图

译者：武娟

出版社：二十一世纪出版社

出版年：2009

开本：16 开

ISBN：978-7-5391-5159-5

作者简介：

葛黑瓜尔·索罗塔贺夫（I'ecole des Ioisirs），法国当代最具代表性的童书大师之一，主要作品有《狼狼》、《我的小兔真可爱》、《别再叫我小兔子》、《圣诞老人的字典》等，获波洛尼亚童书展年度平面艺术奖等多个大奖。

内容简介：

威风无比的大狮子收留了无依无靠的小象，于是，这一大一小构成了最鲜明的对比、最特别的组合：狮子是高傲的百兽之王，令人敬畏，小象孤弱单薄，个子矮小；狮子拥有辉煌的宫殿，小象挨饿受冻，无家可归；狮子能滔滔不绝地讲出种种多彩的经历，小象不怎么会说话，他崇拜狮子的表达只是"你大"、"我小"；当小象长成大象，懂得了很多事情，狮子却慢慢老去，不再威武高大，岁月带来了完全相反的大与小。直到老狮子被赶出皇宫变成了流浪汉，迎接他的是大象紧紧的拥抱，因为大象牢记着"你大、我小"，在他心里，狮子是永远的国王。

社会评价：

法国教育部推荐书；1997 年比利时法语社团评论大奖；1997 年德国儿童青

少年文学奖年度最佳绘本。

特点提示：

适合 3～6 岁亲子共读。

这是一个既深刻又动情的人生小寓言。作者将饱满的真情和深沉的感受诉诸强烈的色彩、有力的线条，塑造了两个鲜明的形象，在明暗反差中蕴藏了澎湃的情感和深远的思绪。它用儿童的心灵和视角感受并接纳了大小、强弱的存在与发展，与儿童进行一种亲切而独特的沟通，适合家长与孩子共同阅读。

相关书目：

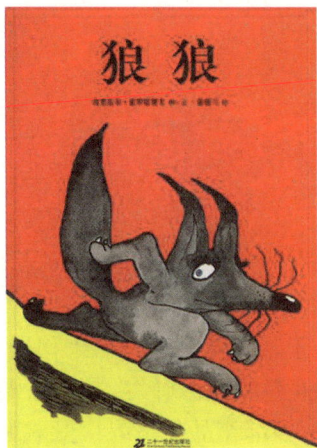

书名：狼狼
作者：[法] 葛黑瓜尔·索罗塔贺夫/文·图
译者：蒲蒲兰

书名：大海里我最大
作者：[美] 凯文·谢利/文·图
译者：于姝

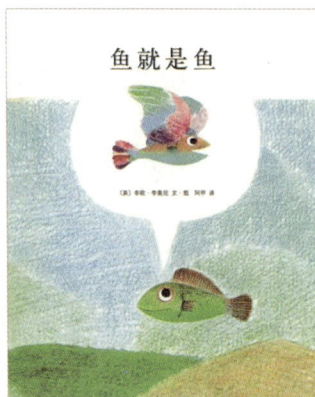

书名：鱼就是鱼
作者：[美] 李欧·李奥尼/文·图
译者：阿甲

51. 月亮，你好吗？——与月亮为伴

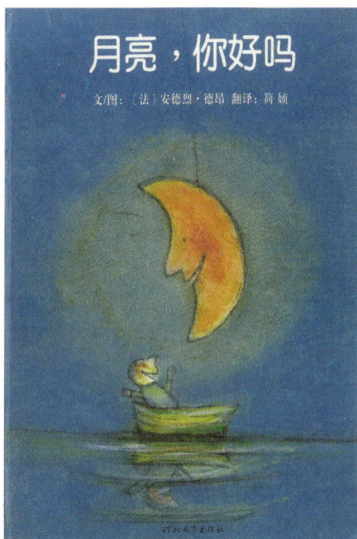

书名：月亮，你好吗？

作者：〔法〕安德烈·德昂/文·图
译者：简媜
出版社：河北教育出版社
出版年：2007
开本：16 开
ISBN：978-7-5434-6803-0

作者简介：

安德烈·德昂（André Dahan），1935 年出生于阿尔及利亚，后来移居巴黎。他是世界级图画书创作大师，被誉为"打造梦幻世界的魔术师"，其作品温暖纯真，每幅图画都宛如一个梦幻世界，已发表的二十多部作品在世界广受欢迎，版权转授到英国、美国、德国、日本、韩国等十几个国家。

内容简介：

男孩划船外出，在湖面上遇见澄净的月亮。男孩与月亮愉快地一同嬉闹，后来月亮因兴奋过度而摔了个大跟斗，猛一翻跌进湖里。男孩帮助月亮登上了他的小船，他带月亮回家，和月亮一起弹琴唱歌、旋转跳舞，两个好友一块读故事、一同温馨进餐。玩累的月亮在床上安眠，男孩又划船出海去招呼太阳，月亮、太阳与男孩三人同坐一桌一起吃早餐，他们感到很幸运。

社会评价：

安德烈·德昂年纪很大时，才开始为儿童创作图画书，他的第一本书就是这本《月亮，你好吗？》，作品一出版，立刻受到世界各国的小朋友喜爱，故事幽默又有想象力，这种返老还童的心境，令人羡慕。

——几米（台湾资深插画家）

特点提示:

适合 3～6 岁亲子共读。

画面的构成非常简单:一片天、一片海、一个月亮、一个小孩、一艘船……只让主角尽情地表演,拟人化的月亮,表情夸张生动,小孩与月亮之间的关系极具戏剧张力,不管情节如何,总有一种愉快、充满希望的感觉。油画颜料留下强烈笔触的质感,加强了主角卡通化的律动,轻轻松松让整本书的画面流动舒畅。故事简单,画法简单,人物简单,文字简单,但是却样样生动有趣。

相关书目:

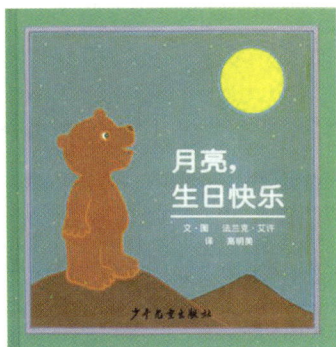

书名:月亮,生日快乐
作者:[美]法兰克·艾许/文·图
译者:高明美

书名:月亮不见了
作者:[日]和田诚/文·图
译者:彭懿

书名:月亮晚上做什么
作者:[法]安·艾伯/文·图
译者:谢蓓

52. 亲爱的小鱼——对爱的理解和承诺

书名：亲爱的小鱼

作者：[法] 安德烈·德昂/文·图
译者：余治莹
出版社：河北教育出版社
出版年：2007
开本：16 开
ISBN：978-7-5434-6804-7

作者简介：

安德烈·德昂（André Dahan），1935 年出生于阿尔及利亚，是世界级图画书创作大师。详见第 108 页。

内容简介：

猫咪每天都细心呵护小鱼，可是小鱼一天天长大，鱼缸总有一天会住不下，猫咪忍痛把小鱼放回辽阔的大海，让它在海里自由呼吸。而猫咪却日日夜夜端坐海滨等着小鱼回来。小鱼在猫咪的期盼中回来了，它们愉快嬉戏，已长大的小鱼甚至可以载着猫咪远游，直到夜幕低垂，它们傍着月光亲吻、互道晚安。故事借着一只猫咪与一条小鱼的情谊，温暖地道出了爱与包容的真义。

社会评价：

这一幅画没有五彩缤纷的喧哗。静瑟、清凉的粉蓝色调，默默地召唤着我们的眼光。

——曹俊彦（儿童文学工作者）

特点提示：

适合 3～6 岁亲子共读。

故事虽然情节简洁、登场角色单纯，却包含丰富的想象与诠释空间。每一幅画里都有这只虎斑猫，它身上的色彩都不一样。画家虽然采用如漫画般夸张的造型，但是不用固定的色彩使角色的形与色过度"符号化"，而是随着环境、时间、光影的变化，或由于主角心情的不同，呈现出不同的色彩。这本书画风特殊，以一种不经刻意修饰的笔触使图画仿佛有了心跳，好像在呼吸。故事里出现了许多有趣的对照与变化，使这个故事细腻耐读。

相关书目：

书名：鳄鱼爱上长颈鹿
作者：[德] 达妮拉·库洛特/文·图
译者：方素珍

书名：小伢和大鱼
作者：[荷兰] 马克斯·维尔修思/文·图
译者：漪然　李颖妮

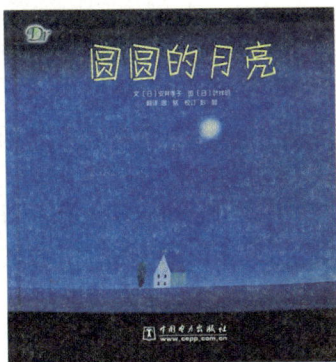

书名：圆圆的月亮
作者：[日] 安井季子　文
　　　[日] 叶详明　图
译者：思铭

亲爱的小鱼

53. 帽子先生和他的独木舟——发现 多彩的世界

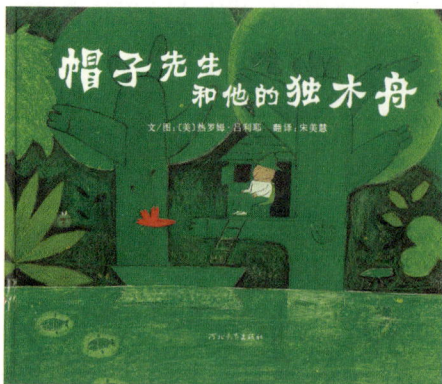

书名：帽子先生和他的独木舟

作者：［法］热罗姆·吕利耶/文·图
译者：宋美慧
出版社：河北教育出版社
出版年：2009
开本：8开
ISBN：978-7-5434-7361-4

作者简介：

热罗姆·吕利耶（Jérôme Ruillier），1966 年出生于非洲东南方的马达加斯加岛，法国著名插画家，是欧洲备受瞩目的新锐画家。1999 年出版图画书《有色人种》，别出心裁的幽默与创意，获得欧洲绘本界的高度评价，目前已被转译为多国语言。2002 年新作《小纸箱》则触及游民议题，清新、创意的图画与内涵，再次备受大小读者好评。

内容简介：

生活在森林里的帽子先生感到很无聊，森林是绿的，周围的一切都是绿的，太单调了，于是，帽子先生划着独木船出门去逛。带着好奇心，帽子先生穿过红彤彤的悠闲小镇，路过灰蒙蒙的繁忙都市，横穿黑乎乎的噩梦般的大洞，这时，金黄色的阳光普照，帽子先生心情一下大好了。心情不错的帽子先生慢悠悠地一路玩着，突然惊奇地发现，原来又回到了森林里。帽子先生走累了，睡了一觉，醒来发现周围的一切都发生了变化，森林里的动物们变成了五颜六色，有红的、灰的、黑的、黄的、蓝的，帽子先生不禁发出感叹："我的森林真美丽！"

社会评价：

荣获日本小学馆出版文化奖。

特点提示：

适合 7 岁以上自主阅读。

这本图画书里的色彩变化充满了色彩游戏的趣味。绿和红的对比，凸显了强烈的色彩，接着是灰和黑带来的感觉，然后出现了黑和黄的明度对比，又让眼睛亮起来。这样的安排，很容易给孩子深刻的色彩感受。阅读这本书，仿佛进行了一次热闹有趣的色彩之旅。颜色能说出感觉！黑色代表恐怖，蓝色代表凉快，红色代表喜庆……整本书像一幅连起来的画卷，厚重浓抹的色彩给读者以视觉的冲击。

相关书目：

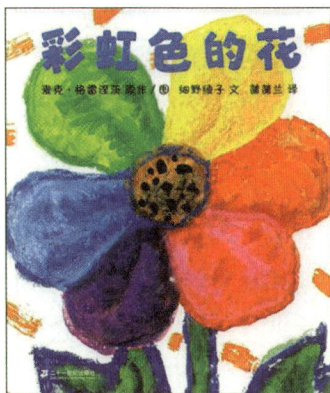

书名：彩虹色的花
作者：[日] 细野绫子　文
　　　[美] 麦克·格雷涅茨　图
译者：蒲蒲兰

书名：黎明开始的地方
作者：[美] 道格拉斯·伍德　文
　　　[美] K·温迪·波普　图
译者：王芳

书名：一本关于颜色的黑书
作者：[委内瑞拉] 梅米娜·哥登　文
　　　[委内瑞拉] 露莎娜·法利亚　图
译者：朱晓卉

54. 小鸡的一千个秘密——在欢乐中学习

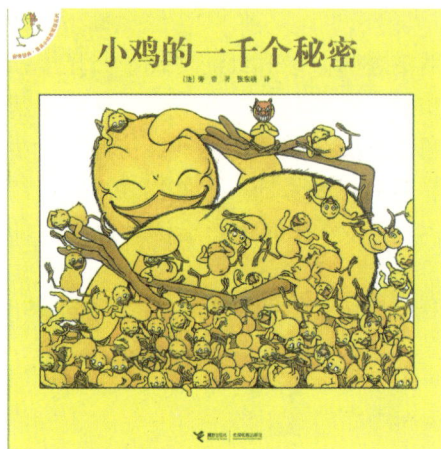

书名：小鸡的一千个秘密

作者：[法] 克劳德·旁帝/文·图
译者：张东晓
出版社：接力出版社
出版年：2010
开本：12 开
ISBN：978-7-5448-1048-7

作者简介：

克劳德·旁帝 (Claude Ponti)，法国著名图画书大师。在欧洲，旁帝被称为能和《爱丽丝漫游奇境记》的作者刘易斯·卡罗尔相媲美的童书作家，他获得了法国童书界最高荣誉奖项"魔法师特殊成就奖"。"面具小鸡布莱兹系列"是旁帝的经典作品。

内容简介：

这是一群可爱的鸡宝宝，它们生活在各种各样的书里，从一本书中跑到另一本书中，自由自在；鸡宝宝有的用电钻打破蛋壳出来，有的吹气球撑破蛋壳出来；鸡宝宝们从来不会连着两天用同样的方法吃饭；鸡宝宝们喜欢一边洗澡一边玩，它们玩滑梯、玩泡泡，玩痛快了也就洗干净了；鸡宝宝喜欢运动，跳悬空飘飘舞、快跑、慢跑，他们总是忙忙碌碌的，当一个鸡宝宝想开个玩笑、捣乱或者让人惊喜一下，它就戴上面具，变成布莱兹。鸡宝宝每天都过着丰富多彩的生活。

社会评价：

"面具小鸡布莱兹系列"荣获 1999 年法国国家文化及图书馆联盟颁予的最佳图画书奖和 2008 年度意大利撒丁岛首届儿童文学奖。

特点提示：

适合 7 岁以上自主阅读。

旁帝真会画小鸡！一打开书就被它们的热闹吸引住了！它们跟跟跄跄、跌跌撞撞，有着生机勃勃的灵感和调皮。想象与夸张也从目录一直延伸到每本书封底，为图画书增添了益智游戏的新鲜元素，开创了全新的图画书风格。知识也在图画间跳跃着、飞翔着。

相关书目：

书名：大鼻子水龙头
作者：[法] 克劳德·旁帝/文·图
译者：张东晓

书名：大风大风吹啊吹
作者：[法] 克劳德·旁帝/文·图
译者：张东晓

书名：贪吃怪咬贪吃怪
作者：[法] 克劳德·旁帝/文·图
译者：张东晓

法国

小鸡的一千个秘密

德国
——具有民族特色的图画书创作

德国的图画书给人的感觉沉重且冷清。有的插图与文字截然分开，似乎没有统一好，也给人一种冷淡的印象。色调沉重，特别是线条的运用方法也大不相同。图画书的风格略带点成人味，但体现了浓厚的传统文化和特别的民族风格。

每一个民族都有自己的文化和价值观，也有其相应的表现方式。民间大众艺术，特别能朴素地表达出这些。德国图画书很鲜明地属于大众文化，民族的审美意识也就很浓厚地被反映出来。

55. 不莱梅的音乐家——学会乐观地生活

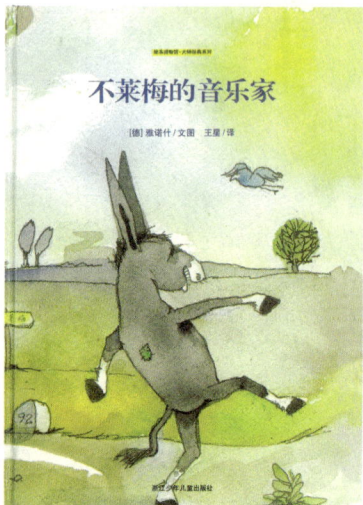

书名：不莱梅的音乐家

作者：［德］雅诺什/文·图
译者：王星
出版社：浙江少年儿童出版社
出版年：2008
开本：16 开
ISBN：978-7-5342-4929-7

作者简介：

雅诺什（Janosch），1931 年出生于波兰，德国当代最著名的儿童文学大师，也是德国最有名的专业作家及插画家。曾获德国儿童文学最高荣誉"德国青少年文学奖"、"联邦十字勋章"等大奖。主要作品有《老虎学数数》、《小猪，你好》、《我说，你是一头熊》、《妈妈你说，孩子从哪儿来》、《来，让我们寻宝去》、《兔孩子一点也不笨》、《噢，美丽的巴拿马》、《小老虎，你的信》、《我会把你治好的》、《雨汽车》等。

内容简介：

驴子辛苦一辈子为主人干活，老得没力气的时候却被主人抛弃了。但是，这不要紧，因为驴子也不想干了，它决定去不莱梅当个音乐家。在路上，它遇到了相同际遇的狗、猫和公鸡，并结成了好朋友，组成了一支有四个成员的乐队，继续向不莱梅前进。天黑了它们要找个歇脚的地方休息一下，这时它们看到一幢房子，赶跑了里头的一伙强盗，并住了下来，从此过上了快乐的生活。

社会评价：

这是德国儿童文学大师雅诺什根据《格林童话》故事创作的图画书，非常的"雅诺什"：图画拙朴，却充满了细节讽喻与暗示；故事非常幽默，既有非常孩子气的一面，又有成年人视角的冷峻。有趣的是，这本书的中文版最初主要在德国城市不莱梅出版发行，提供给去那里旅游的中国游客，是一本非常别致的导游手册，当地人把雅诺什的这部作品当作城市的"文化名片"。

——阿甲

特点提示：

适合 7 岁以上自主阅读。

《不莱梅的音乐家》作为"格林童话"的经典故事，曾被翻译和编辑成好几个版本。我们认为这个版本是最为经典的，因为它的文图都是大师级的。这本书算是一本厚的绘本，虽然页数比较多，但故事的文字简短精练，图画幽默诙谐，十分适合孩子自主阅读。

相关书目：

书名：爱音乐的马可
作者：[美] 罗勃·卡鲁斯　文
　　　[美] 荷西·阿鲁哥　图
译者：[美] 艾琳娜·杜威

书名：凯琪的包裹
作者：[美] 坎达丝·弗莱明　文
　　　[美] 斯泰西·德雷森·麦奎因　图
译者：刘清彦

书名：你好，小猪
作者：[德] 雅诺什/文·图
译者：皮皮

不莱梅的音乐家

56. 爷爷的天使——正确对待死亡

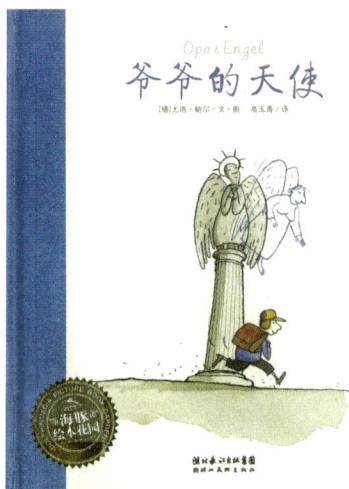

书名：爷爷的天使

作者：[德] 尤塔·鲍尔/文·图
译者：高玉菁
出版社：湖北美术出版社
出版年：2008
开本：24 开
ISBN：978-7-5394-2355-5

作者简介：

尤塔·鲍尔（Jutta Bauer），1955 年出生于德国汉堡，其作品以轻快幽默的画风引起了当地读者的注意和喜爱。她和许多德国青少年文学作家合作，其中最受瞩目的是她和 Kirsten Boie 合作的"尤利小子"系列 Die "Juli-Serie"。她自写自画的作品 Schreimutte 获得 2001 年德国绘本大奖，而《爷爷的天使》一书，于 2002 年再度获得此项殊荣。

内容简介：

病重的爷爷躺在病床上，向懵懂的小孙子讲述了自己的一生：爷爷小的时候遇到了一位天使，从此，这位天使一直跟在他身边，总是在危险时帮助他。从此，爷爷变得勇敢、坚强，不管遇到什么困难都能挺过去，生活中的一切也都变得美好起来。当爷爷闭上眼睛离开了人世，小孙子离开医院时，爷爷的天使飞了出来，来到了小孙子身边，成为了他的天使。

社会评价：

2002 年德国绘本大奖。

特点提示：

适合 3～6 岁亲子共读。

作者用朴实简洁的文字描写故事，用自由的线条勾勒出活泼的插图，再以轻柔的色彩对应着爷爷面对生命慈爱的包容和知足，提醒着我们在人生的道路上，不要无精打采地走着，或许在某个转角处，又是一片光亮！

相关书目：

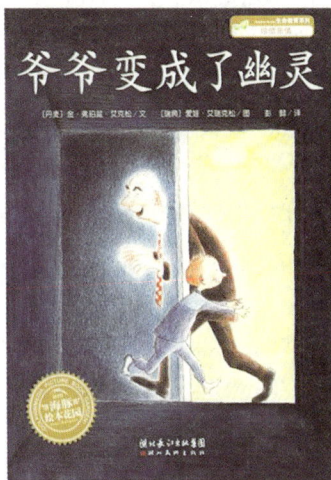

书名：爷爷变成了幽灵
作者：[丹麦] 金·弗珀兹·艾克松　文
　　　[瑞典] 艾娃·艾瑞克松　图
译者：彭懿

书名：獾的礼物
作者：[英] 苏珊·华莱/文·图
译者：杨玲玲　彭懿

书名：没关系　没关系
作者：[日] 伊东宽/文·图
译者：蒲蒲兰

57. 星期二洗发日——洗发不用怕

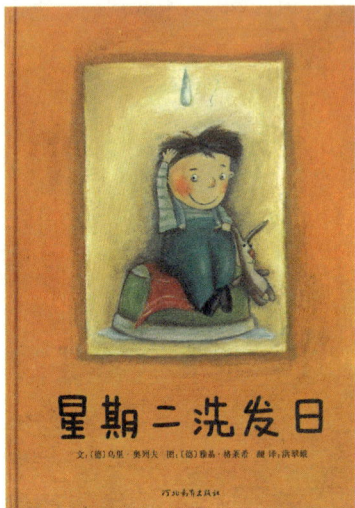

书名：星期二洗发日

作者：［德］乌里·奥列夫　文
　　　［德］雅基·格莱希　图
译者：洪翠娥
出版社：河北教育出版社
出版年：2009
开本：16 开
ISBN：978-7-5434-7370-6

作者简介：

乌里·奥列夫（Uri Orlev），1931 年出生，在以色列获多项奖项，1996 年获国际安徒生大奖。《星期二洗发日》是他 1986 年创作的作品，至今已以英、法、德、日等多国语言发行，他还为故事中的主角麦克创作了其他的故事。

雅基·格莱希（Jacky Gleich），1964 年出生，曾就读于德国的电影大学，创作过不少儿童图画书。插画风格新颖大胆，笔触看似随意，却更接近童稚的特点，构图上给予读者极大的想象空间。曾以《爷爷有没有穿西装》获得德国"最美图画书奖"。

内容简介：

麦克最怕星期二了，因为星期二是可怕的洗头日！一到洗头日，麦克家就会出现混乱。为了结束这每周一次的混乱，姐姐丹妮想了一个好办法——带麦克理个光头。到理发店后，麦克却退缩了。麦克宁愿洗头，而不愿意被理成光头。尽管这样还是不能做到洗头的时候不哭，在被姐姐嘲笑了一番后，麦克做了个决定：要一直哭到不哭为止，三岁半的一天，麦克终于做到了。

社会评价：

这本看起来不大起眼，故事非常简单，画风也相当朴拙的书，居然很轻易地打动了我。在这本书里，能读到一个很真实的小男孩，还有他的聪明的小姐姐，还有特别真实、典型的，又很有个性的妈妈和爸爸，一段很平常的家常故事，幽默、温馨，余味无穷。那么日常，又那么好玩！

——阿甲

特点提示：

适合 3～6 岁亲子共读。

麦克是雅基·格莱希所创作的经典形象之一。图画笔触看似随意，颜色却厚重有力，接近童稚的特点。淡淡的黄色背景给人亲近的感觉。

小孩不愿意洗头是常见的问题，作者紧紧抓住这个心理描写得幽默有趣。本书适合家长和孩子一同阅读，家长可以从旁指导，从故事中汲取经验。

相关书目：

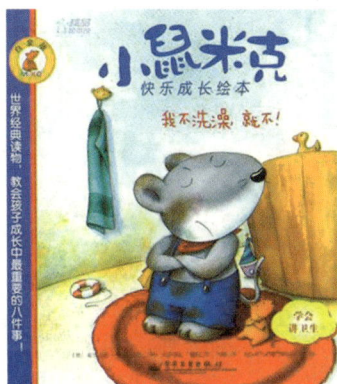

书名：我不洗澡　就不！
作者：[奥地利] 布理吉特·威宁格　文
　　　[奥地利] 史蒂芬尼·悦何　图
译者：吴瑶

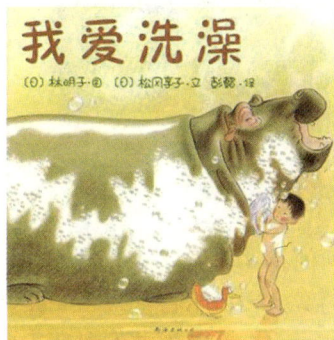

书名：我爱洗澡
作者：[日] 松冈享子　文
　　　[日] 林明子　图
译者：彭懿

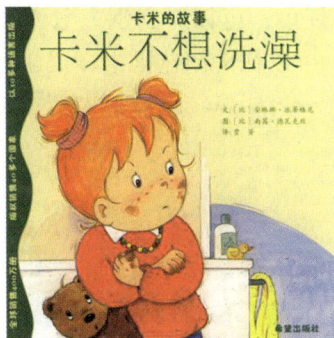

书名：卡米不想洗澡
作者：[比利时] 派蒂格尼　文
　　　[比利时] 南茜·德瓦　图
译者：贾芳

德国

星期二洗发日

58. 99 厘米高的彼得——渴望长大

书名：99 厘米高的彼得

作者：[德] 阿内特·胡伯尔　文
　　　 [德] 玛努拉·奥尔特　图
译者：王星
出版社：中国电力出版社
出版年：2008
开本：16 开
ISBN：978-7-5083-5480-4

作者简介：

阿内特·胡伯尔，资料不详，略。

玛努拉·奥尔特（Manuela Olten），1970 年出生，摄影师，拥有设计专业硕士学位。曾在美因河畔的奥芬巴赫设计学院学习插画，重点是儿童图书的插图。2004 年她的《真正的男子汉》一书荣获了"奥尔登堡青少年儿童图书奖"。

内容简介：

彼得刚好 99 厘米高，他发现生活中发生的很多事都与身高有关。虽然个子小有小的好处：比如还可以依偎在妈妈温暖的怀里；可以看到别人看不到的东西；可以在狭窄的壁橱里安营扎寨、自得其乐；可以在洗澡盆里当海盗船长。但是，遇到大狗怎么办？想吃饼干够不到怎么办？……所以，既然长大是不可避免的，那么还是早点长高比较好。

社会评价：

本书与《真正的男子汉》、《尿尿》、《真正的朋友》是同一系列，是玛努拉·奥尔特的经典之作。这四部作品分别围绕尿尿、打架、男女性别差异和身高而讲，对于家长和孩子来讲有些另类，但她的作品都是为引发人思考和启迪而创作的。

特点提示:

适合 3～6 岁亲子共读。

奥尔特对背景不求精细，只求表现出当时的气氛即可。在深色的底色上逐层覆盖上浅色，颜色相当厚重。她的人物形象特征鲜明，充满动感与活力。笔下的男孩子一律大头小眼、土豆鼻子，牙齿稀疏，穿着 T 恤、肥大的牛仔裤，是经典的形象。

作品幽默有趣，围绕孩童成长中遇到的问题，作者提出了自己的想法，容易被读者接受，尤其是对小读者有启发作用。

相关书目:

书名：真正的男子汉
作者：[德] 玛努拉·奥尔特/文·图
译者：王星

书名：真正的朋友
作者：[德] 玛努拉·奥尔特/文·图
译者：王星

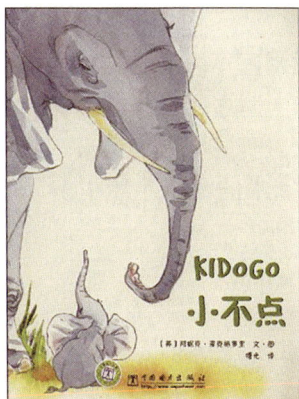

书名：小不点
作者：[英] 阿尼克·麦克格罗里/文·图
译者：曙光

59. 晚安，小熊——对生活的总结与期盼

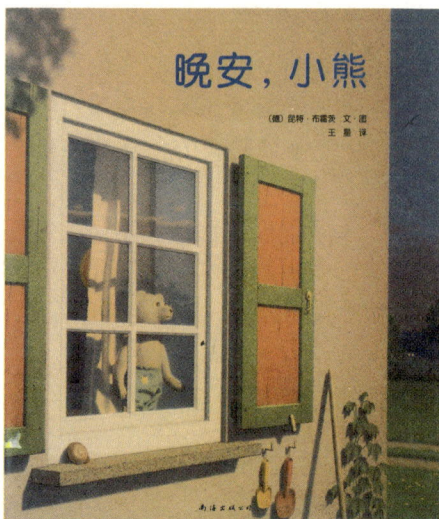

书名：晚安，小熊

作者：［德］昆特·布霍茨/文·图
译者：王星
出版社：南海出版社
出版年：2009
开本：12 开
ISBN：978-7-5442-4554-8

作者简介：

昆特·布霍茨（Quint Buchholz），1957 年出生于德国，曾在造型艺术学院专修艺术史及绘画，毕业后从事插画创作，为全球著名的出版社绘制过无数封面、插图和海报，堪称德国插画界的巨匠。曾荣获德国青少年文学奖、德国绘本大奖、博洛尼亚国际儿童书展插画奖、布拉迪斯拉发国际插画双年展大奖等，代表作品有《莎娜想要演马戏》、《晚安，小熊》、《灵魂的出口》、《瞬间收藏家》等。

内容简介：

朦胧的月光照着大地，换上了星星睡裤的小熊却睡不着。它站在窗前，回想起白天那个有趣的海盗船游戏，看见隔壁在扶手椅上睡着了的玫瑰奶奶和树林边的稻草人，聆听着马戏团传来的悠扬小夜曲，憧憬着美好一天的到来：明天继续海盗船的游戏还是去玫瑰奶奶家亦或下雨了留在家中的秘密小屋里奏乐呢？最后，在月光音乐家的摇篮曲中，小熊幸福地睡着了。

社会评价：

德国青少年文学奖推荐奖；《纽约时报》年度最佳绘本。

特点提示：

适合 3～6 岁亲子共读。

这是一部"玩偶童话"。宁静的夜因光影的变化而生动起来。图画营造了一种美丽静谧的氛围，让读者在不知不觉中进入画中的世界，心情随之变得沉静。本书通过色彩柔和的画面和小熊细腻的内心独白，散发出浓浓的浪漫和温情，使人在渴望与小熊对话的同时又不忍心打扰那份宁静。

相关书目：

书名：别让鸽子太晚睡！
作者：［美］威廉斯/文·图
译者：阿甲

书名：睡觉
作者：［日］佐佐木洋子/文·图
译者：蒲蒲兰

书名：小威利睡不着
作者：［德］芭芭拉·波曼/文·图
译者：曾璇

德国

晚安，小熊

127

60. 农夫去旅行——农夫的幽默旅程

书名：农夫去旅行

作者：[德] 克里斯迪安·提尔曼　文
　　　[德] 丹尼尔·纳波　图
译者：王星
出版社：湖北美术出版社
出版年：2008
开本：16 开
ISBN：978-7-5394-2090-5

作者简介：

资料不详，略。

内容简介：

农夫有一群家畜：一匹马、两头牛、一只猪、两只羊和四只母鸡。因为对动物们宠爱有加，他连旅行也要带着它们。一路上，这支庞大的旅行队伍惹来了不少麻烦，先是在边境检查站农夫的家畜没有身份证明，再是海滩上帐篷区不准带狗进入，住宿时家畜们又爬不上五楼……农夫只好无奈地离开了海边。在往乡间公路上行驶时，农夫找到了一个海边农场，和动物们一起享受旅行的乐趣。可是，这里和他自己的农场有什么区别呢？

社会评价：

一个农夫带着浩浩荡荡的动物度假，那一定是我们想象不出来的情景、想象不出来的旅途、想象不出来的艰难和想象不出来的风趣，可是我们读着这一本书，尤其是读着书里的图和神情，结果我们就都看见了。

——梅子涵（著名儿童文学作家、教授）

特点提示：

适合 3～6 岁亲子共读。

乡村的气息、明亮的色彩、幽默诙谐的故事情节，让人看了就忍不住捧腹大笑！动物的笨拙为农夫的出行带来了意想不到的麻烦，以农夫的心声结束并没有让故事戛然而止，而是把幽默推向高潮。

相关书目：

书名：和甘伯伯去游河
作者：[英] 约翰·伯宁罕/文·图
译者：林良

书名：鲁拉鲁先生的自行车
作者：[日] 伊东宽/文·图
译者：蒲蒲兰

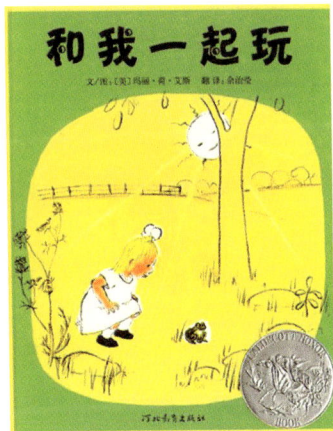

书名：和我一起玩
作者：[美] 玛丽·荷·艾斯/文·图
译者：余治莹

农夫去旅行

北欧及其他国家
——精致典雅的图画书创作

　　美丽的图画书，常在小的国家诞生。例如丹麦的图画书体现了北欧海盗的活力，荷兰的图画书犹如郁金香一样有一种柔和之美，而意大利的图画书每一本都有不同创意的"构造"。在这些国家的图画书中有一种浓缩的精致的美。复杂的悠久的历史和精致的文化使它们盛产令世界惊叹惊艳的图画书，在儿童文学的历史上耀眼夺目。

61. 爷爷一定有办法——爷爷勤俭持家的智慧

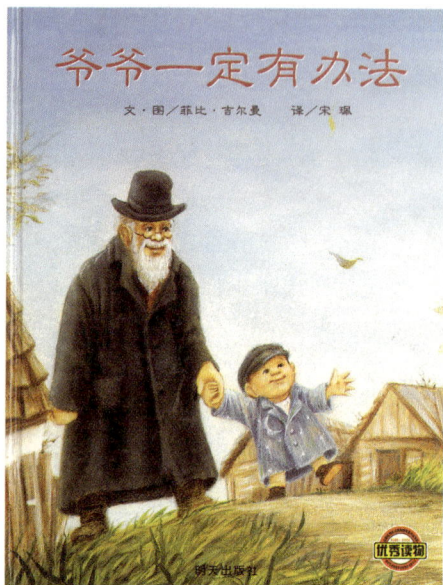

书名：爷爷一定有办法

作者：［加拿大］菲比·吉尔曼/文·图
译者：宋佩
出版社：明天出版社
出版年：2008
开本：16 开
ISBN：978-7-5332-5776-7

作者简介：

菲比·吉尔曼（Phoebe Gilman），出生于纽约，曾于纽约、以色列和欧洲学习艺术创作，现定居加拿大。她的书充满着奇妙的想象力，曾多次获得童书的奖项。《爷爷一定有办法》是她出版的第七本书。

内容简介：

小时候，爷爷给约瑟缝了一条奇妙的毯子，这条毯子陪着他成长。约瑟长大了，毯子也老旧了，可是约瑟舍不得丢弃这条毯子，他更相信爷爷总是有办法把旧的东西变成新的。在爷爷的巧手下，这条毯子随着约瑟的长大而渐渐变成了外套、背心、领带、手帕和纽扣。最后纽扣弄丢了，爷爷真的没办法无中生有了，最后约瑟把它写成了一个奇妙的故事。

社会评价：

加拿大克力斯提先生书奖；露丝·史瓦兹奖；维基·麦卡夫奖。

特点提示：

适合 3～6 岁亲子共读，7 岁以上自主阅读。

图画以屋里的情景、街景为主要场景，笔触细致优美。作者分地上、地下两层同时铺开故事。温暖的、黄黄的色调让人像沐浴在阳光当中。画中出现了很多笑容、很多眼神，表现了人们对爷爷创作力的惊讶与肯定。人物朴素的穿着、贴近现实的场景，十分配合作者的主题。

相关书目：

书名：我爱我的爷爷
作者：[奥地利] 沃尔夫·哈兰斯　文
　　　[奥地利] 克里斯蒂娜·奥珀
　　　曼·迪莫　图
译者：赖雅静

书名：瓶子的旅行
作者：[英] 米克·曼宁　文
　　　[英] 格兰斯特洛姆　图
译者：丁一

书名：迈克·马力甘和他的蒸汽挖土机
作者：[美] 维吉尼亚·李·伯顿/文·图
译者：赵静

62. 艾特熊 & 赛娜鼠·一起去野餐——发现多彩的世界

书名：艾特熊 & 赛娜鼠·一起去野餐

作者：[比利时]嘉贝丽·文生/文·图
译者：梅思繁
出版社：上海人民美术出版社
出版年：2006
开本：16 开
ISBN：7-5322-4785-6

作者简介：

嘉贝丽·文生（Gabrielle Vincent），原名莫妮克·马丁（Monique Martin），生于比利时布鲁塞尔，世界著名插画家，曾获 Sankei 儿童出版文化奖、波隆那国际儿童书展青少年图书奖、国际安徒生文学奖插画家奖等多项大奖，其代表作有："艾特熊 & 赛娜鼠"系列、《蛋》等。

内容简介：

艾特熊和赛娜鼠为第二天的野餐做了充分的准备，可是，天公不作美，第二天下雨了。赛娜鼠难过极了。艾特熊想出了一个好主意——假装天没有下雨，野餐可以照样进行。赛娜鼠甚至像晴天那样戴上了太阳帽，在外人善意的指责声中，他们冒着风雨，牵着手边走边跳爵士舞，前往树林里搭帐篷开始野餐了。他们意外地在帐篷里迎来了一位客人，结下了一段雨中情谊，他们还被邀去客人家做客了。

社会评价：

艾特熊和赛娜鼠的故事最受孩子们的喜爱，多种版本在世界各地畅销 200 万册。艾特熊和赛娜鼠的故事是嘉贝丽创作时间最长的图画书，历时 20 年。

特点提示：

适合 3～6 岁亲子共读，7 岁以上自主阅读。

本书是"艾特熊 & 赛娜鼠"系列之一。嘉贝丽选择的是一种怀旧的色调、棕褐色的线条、淡彩，所有的画面都罩着一层更淡的晕黄。故事虽然或俏皮或缠绵，却因此有了一种永不褪色的温馨和爱。《艾特熊 & 赛娜鼠·一起去野餐》是真实故事的缩影。我们会为这种孩子气而会心一笑。

相关书目：

书名：赛娜的身世
作者：[比利时] 嘉贝丽·文生/文·图
译者：梅思繁

书名：提姆与莎兰去野餐
作者：[日] 芭蕉绿/文·图
译者：[日] 猿渡静子

书名：约瑟芬姨妈的房间
作者：[比利时] 嘉贝丽·文生/文·图
译者：梅思繁

63. 强强的月亮——勇敢救父

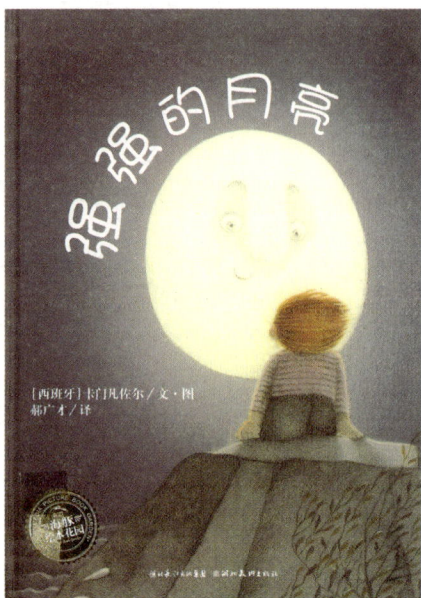

书名：强强的月亮

作者：[西班牙] 卡门凡佐尔/文·图
译者：郝广才
出版社：湖北美术出版社
出版年：2009
开本：16 开
ISBN：978-7-5394-2579-5

作者简介：

卡门凡佐尔（Carme solé Vendrell），1944 年出生于西班牙巴塞罗那，举世闻名的插画家，从事童书创作，至今已出版了超过 200 本童书。曾获西班牙国家插画大奖、特雷斯奖、梅斯特奖、金山评论奖等，其作品在世界各国如英国、法国、德国、美国、加拿大、挪威、荷兰、丹麦、日本等地出版。

内容简介：

有个小男孩叫强强，他和爸爸住在海边，爸爸去打渔，强强就一个人在家，可是他并不感觉害怕和孤单，因为有月亮朋友陪伴着他。有一天，爸爸出去打渔，突然海里刮起了暴风，把爸爸的船打翻了，还把爸爸的灵魂夺走了，他只好向月亮求救，月亮答应了强强的请求，但是有一个条件：强强必须非常非常勇敢！在月亮的帮助下，强强克服了重重困难夺回了爸爸的灵魂。

社会评价：

《强强的月亮》是卡门凡佐尔闻名世界的作品之一，在这本书中，她尝试使用复杂的色彩运用技巧，使画面充满光影之美。

特点提示：

适合 7 岁以上自主阅读。

故事以勇敢为主题，着重描写了强强救父的过程。巧用光影是这本书图画的最大特点！昏暗的黑夜、汹涌的波涛渲染出一种神秘可怕的气氛。同时，窗外透进房间的光、月亮柔和温暖的光、海上激起浪花的光、爸爸的灵魂之光等，使画面富有层次感。光犹如一股很强的力量贯穿故事的始终！

相关书目：

书名：爸爸的围巾
作者：〔日〕阿万纪美子　文
　　　〔瑞士〕格雷涅茨　图
译者：蒲蒲兰

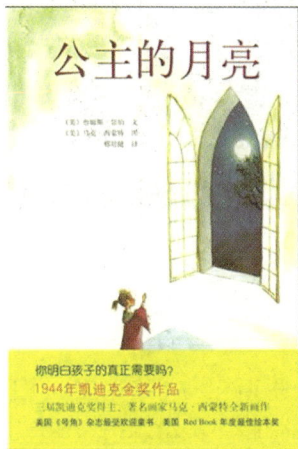

书名：公主的月亮
作者：〔美〕詹姆斯·瑟伯　文
　　　〔美〕马克·西蒙特　图
译者：邢培健

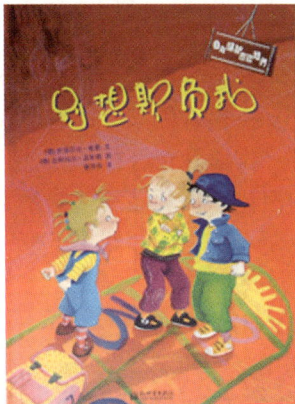

书名：别想欺负我
作者：〔德〕伊丽莎白·崔勒　文
　　　〔德〕达柯玛尔·盖斯勒　图
译者：康萍萍

64. 铁丝网上的小花——窥探战争

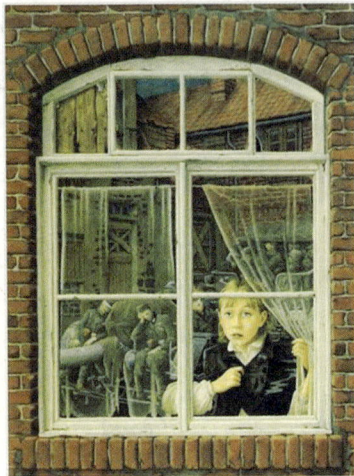

书名：铁丝网上的小花

作者：〔意〕克里斯托夫·格莱兹　文
　　　〔意〕罗伯特·英诺森提　图
译者：代维
出版社：明天出版社
出版年：2007
开本：16 开
ISBN：978-7-5332-5347-9

作者简介：

克里斯托夫·格莱兹，资料不详，略。

罗伯特·英诺森提（Roberto Innocenti），1940 年出生于意大利佛罗伦萨附近的一个小镇——巴尼奥阿拉波利，意大利伟大的插画家，其创作的插画书曾荣获《纽约时报》最佳插画奖、布拉迪斯国际插画双年展金苹果奖、2008 年安徒生插画奖等。代表作有《铁丝网上的小花》、《大卫之星》、《绝地大饭店》、《木偶奇遇记》、《胡桃夹子》等。

内容简介：

第二次世界大时期的一个德国小镇上，一个名叫罗斯·布兰奇的小女孩，目睹了一个小男孩逃走后又被抓回装满人的囚车上，女孩追着囚车一路来到了树林中的空地，看见了一道铁丝网，铁丝网的后边站着一排瘦骨伶仃的人，他们个个都饥饿不堪。丁是，罗斯·布兰奇经常带着食物和面包到铁丝网那边送给那些可怜的人。终于有一天，铁丝网被拆除了，可是，罗斯·布兰奇却倒在了枪口下。

社会评价：

1985 年美国图书馆协会著名图书奖；1986 年《号角书》杂志荣誉名册奖；布拉迪斯拉法金苹果奖；美国图书馆协会米尔德里德·巴彻尔德奖；美国图书馆

协会推荐少儿图画书。

特点提示:

适合 7 岁以上自主阅读。

战争是一个可怕的事情,以孩子的真、善、美去触碰这个话题,让人触目惊心。整个世界都像蒙上了一层灰色的幕布,透露着气氛的严肃和冷漠。小女孩那红色的蝴蝶结犹如一抹生命的亮色穿过画面。而女孩的悲剧收场说明了战争的残酷和丑恶,相信每位读者都会为之所动,会更珍惜现在的和平、幸福。

相关书目:

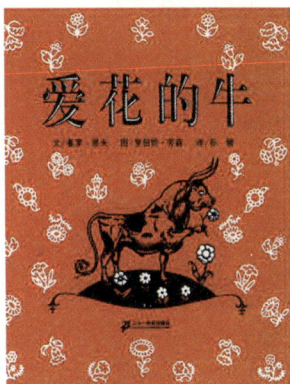

书名:爱花的牛
作者:[美] 曼罗·里夫　文
　　　[美] 罗伯特·劳森　图
译者:孙敏

书名:爷爷的墙
作者:[美] 伊夫·邦廷　文
　　　[美] 罗纳德·希姆勒　图
译者:刘清彦

书名:凯琪的包裹
作者:[美] 坎达丝·弗莱明　文
　　　[美] 斯泰西·德雷森·麦奎因　图
译者:刘清彦

139

65. 月光男孩——一个从天而降的故事

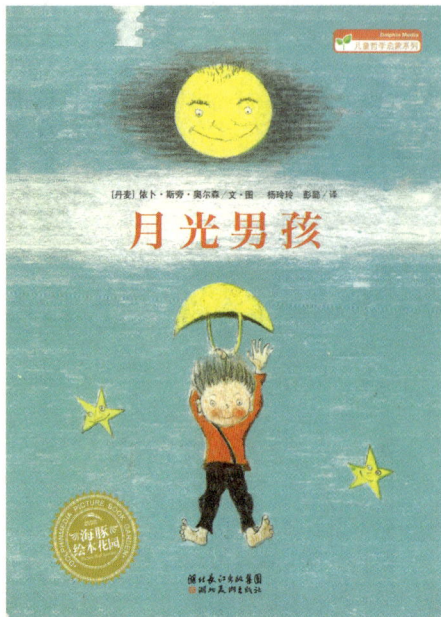

书名：月光男孩

作者：[丹麦] 依卜·斯旁·奥尔森/
　　　文·图
译者：杨玲玲　彭懿
出版社：湖北美术出版社
出版年：2009
开本：16 开
ISBN：978-7-5394-2461-3

作者简介：

依卜·斯旁·奥尔森（Ib Spang Olsen），1921 年出生于丹麦，丹麦最著名的艺术家之一，1972 年荣获国际安徒生奖画家奖，代表作有《月光男孩》、《跳不停的小红球》、《成年人的陷阱》等。

内容简介：

月亮先生想找朋友，拜托月光男孩帮忙找。月光男孩拎着篮子出发了。他落啊落啊，从天上落了下来，先是穿云而过，然后遇到了一架飞机、一大群候鸟、风筝、气球，还有站在梯子上采苹果的小女孩、打扫烟囱的黑脸男人、红砖房、街道。最后"扑通"一声落到了水里，偶然发现了一面镜子，一捡起镜子看了看，原来，这就是月亮先生的好朋友！于是，月光男孩带着镜子里月亮先生的好朋友回到了月亮上的家。

社会评价：

1972 年国际安徒生奖画家奖得主的代表作；丹麦文化部儿童图书奖；入选

日本儿童书研究会绘本研究部编《图画书·为了孩子的500册》。

特点提示：

适合3～6岁亲子共读。

大面积的蓝色，配上月亮、星星的黄色以及月光男孩红衣的红色，冷暖一搭，画面立刻就洋溢出一种说不出来的温暖与清澄。画家一共画了23个形态各异的月光男孩，宛如一幅长卷，从天而降的奇异旅程尽收眼底。

相关书目：

书名：月亮先生
作者：[法] 汤米·温格尔/文·图
译者：王星

书名：我带月亮去散步
作者：[美] 卡罗琳·克缇斯　文
　　　[英] 艾莉森·杰伊　图
译者：刘红

书名：松鼠先生和月亮
作者：[德] 塞巴斯蒂安·麦什莫泽/文·图
译者：王晓翠

北欧及其他国家

月光男孩

66. 三只山羊嘎啦嘎啦——勇敢的 山羊智斗山怪

书名：三只山羊嘎啦嘎啦

作者：[挪威] P.C.阿斯别约恩森

　　　[挪威] J.E.姆厄　文

　　　[美] 玛夏·布朗　图

译者：熊春　蒲蒲兰

出版社：二十一世纪出版社

出版年：2007

开本：16 开

ISBN：978-7-5391-3656-1

作者简介：

　　P. C. 阿斯别约恩森（Peter Christen-Asbjørnsen）和 J. E. 姆厄（Jørgen Moe），挪威民间故事的"编辑者和复述者"，将挪威口传文艺的本来面貌忠实地记录下来，出版过《挪威民间故事集》等一批故事集。

　　玛夏·布朗（Marcia Brown），先后荣获过七次凯迪克银奖和三次凯迪克金奖，主要作品有《渔夫亨利》、《约翰船长的厨师》、《铁脚玩具士兵》、《影子》等，获三次凯迪克金奖。

内容简介：

　　大小不同的三只山羊，名字都叫嘎啦嘎啦。一天，它们要到山坡上吃草，但路上必须经过一座桥，桥底下住着可怕的山怪。最小的嘎啦嘎啦首先走上了桥，惊醒了山怪。山怪要吃他，可是小山羊说："一会儿第二只山羊嘎啦嘎啦就来了，它比我大多啦。"结果山怪放他走了。第二只山羊嘎啦嘎啦也一样逃了命。第三只嘎啦嘎啦却勇猛地冲过去征服了山怪。最后三只山羊到山坡上美美地吃起草来。

社会评价：

　　唯一前后获得过三次凯迪克金奖的美国图画书大师——玛夏·布朗将挪威的民间故事画成了充满诗意的图画书。

特点提示：

　　适合 3～6 岁亲子共读，7 岁以上自主阅读。

　　民间故事经典的三次重复，故事情节十分简练却给人以惊险和惊喜。当情节紧张、遇到危险时，背景是蓝色；当情节轻松、脱离危险时，背景是黄色。简单的色彩随着情节的发展而变换。语言也十分精练简洁，加入各种象声词于情节当中，更具有可读性。

相关书目：

书名：母鸡萝丝去散步
作者：[美] 佩特·哈群斯/文·图
译者：上谊出版部

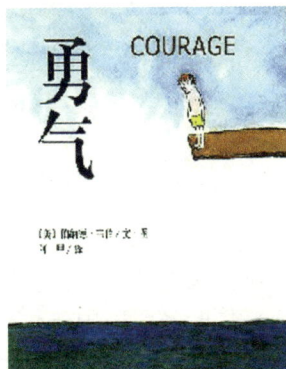

书名：勇气
作者：[美] 伯纳德·韦伯/文·图
译者：阿甲

书名：声音森林
作者：[日] 安房直子　文
　　　[日] 广川沙映子　图
译者：彭懿

67. 睡美人——经典童话故事

书名：睡美人

作者：[瑞士] 费里克斯·霍夫曼/文·图
译者：彭懿
出版社：连环画出版社
出版年：2008
开本：16 开
ISBN：978-7-5056-0889-4

作者简介：

费里克斯·霍夫曼（Felix Hoffmann），世界最杰出的绘本画家之一，曾荣获国际安徒生奖提名和德国青少年文学奖。1956 年，其创作的绘本《狼和七只小羊》荣获该年度德国儿童插画优秀奖，此后他创作的许多以《格林童话》为题材的绘本，如《睡美人》，也广受世界各地儿童喜爱。他在版画、彩画玻璃和壁画等领域也有很高造诣，世界上许多地方都存有其作品。

内容简介：

美丽的公主一出生就遭到了巫婆可怕的咒语：在 16 岁时将被纺锤刺死，昏睡一百年。公主刚好 15 岁时那一天，那个魔咒应验了，纺锤刺进了她的手指，她倒在边上的床上沉睡了过去，而且这种沉睡蔓延了整个王宫。人们称公主为"睡美人"。终于，一百年后的一天，有个王子听说了"睡美人"的故事后，勇于尝试，依靠勇气和毅力救醒了沉睡的公主，他们举行了婚礼，过上了幸福的生活。

社会评价：

国际安徒生奖；德国青少年文学奖；日本全国学校图书馆协会选定"必读图书"；日本全国学校图书馆协会选定"基本图书"。

特点提示：

适合 7 岁以上自主阅读。

最经典的故事、最顶尖的画家，造就了这最独特的图画书。笔触清秀细腻、色彩清新淡雅，每一幅画都值得珍藏，尤其是人物的描写，透露着古典的美感。这本书需要儿童细细地品味它的图画之美、文字之美、浪漫之美，体会梦幻般的童话世界。

相关书目：

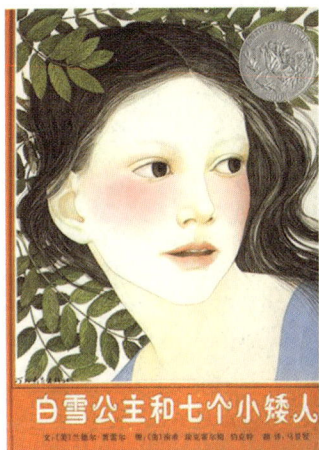

书名：白雪公主和七个小矮人
作者：［美］兰德尔·贾雷尔　文
　　　［美］南希·埃克霍尔姆　图
译者：马景贤

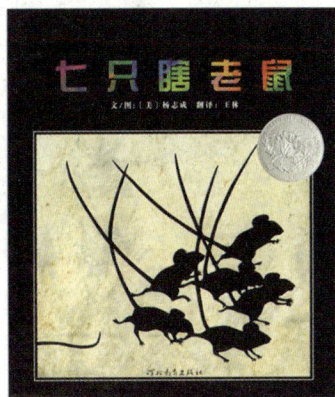

书名：七只瞎老鼠
作者：［美］杨志成/文·图
译者：王林

书名：你睡不着吗?
作者：［爱尔兰］韦德尔　文
　　　［爱尔兰］弗斯　图
译者：潘人木

北欧及其他国家

睡美人

68. 我爱我的爷爷——一家三代人和谐相处

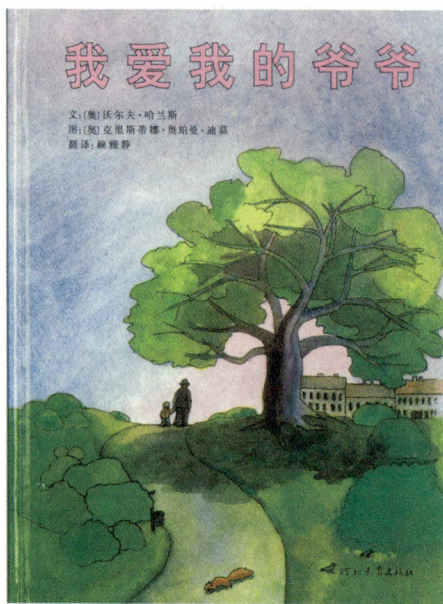

书名：我爱我的爷爷

作者：[奥地利] 沃尔夫·哈兰斯　文

　　　[奥地利] 克里斯蒂娜·奥珀曼－
迪莫　图

译者：赖雅静

出版社：河北教育出版社

出版年：2009

开本：16 开

ISBN：978-7-5434-7080-4

作者简介：

　　沃尔夫·哈兰斯（Wolf Harranth），1941 年出生在维也纳，代表作有《我爱我的爷爷》、《这片草地真美丽》等，多次荣获奥地利青少年图书奖等。

　　克里斯蒂娜·奥珀曼-迪莫，资料不详，略。

内容简介：

　　乡下的爷爷被接到城里和子女一起居住。爷爷的到来让小孙子好奇不已：爷爷可以坐在爸爸专有的位置吃饭、大声说话，擤鼻涕不用卫生纸；可以修好坏了的水管和玩具汽车；还会给我读故事，修剪花园的玫瑰花……爷爷和孙子建立了良好的感情，可是，爷爷还是不习惯城里的生活，决定回乡下了，小孙子很舍不得，希望爷爷早点回来，更期待着回乡下看爷爷！

社会评价：

　　奥地利青少年图书奖（1982）；维也纳少儿图书奖（1982）；维也纳插画奖（1982）。

特点提示：

适合 3～6 岁亲子共读。

几十年的隔代往往会令祖孙之间出现难以避免的恐慌。这个故事让父母和孩子共同体会每个人之间细微的情感。作者十分写实地以孩童的视角记录了生活中的点点滴滴，突出表现了"我"的心理变化，为读者处理同类问题提供了轻松直观的学习范例。

相关书目：

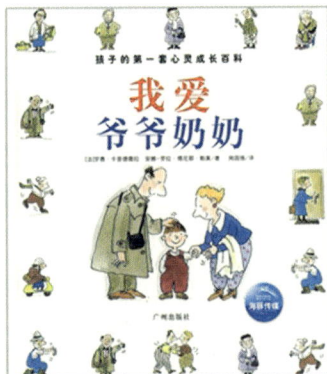

书名：我爱爷爷奶奶
作者：[法] 罗赛·卡普德薇拉　文
　　　[法] 安娜·劳拉·傅尼耶·勤
　　　莱　图
译者：周国强

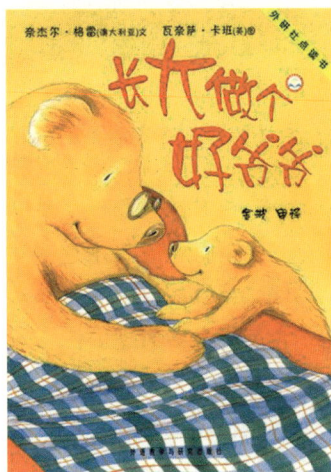

书名：长大做个好爷爷
作者：[澳大利亚] 奈杰尔·格雷　文
　　　[英] 瓦纳萨·卡班　图
译者：金波

书名：我的爷爷真麻烦
作者：[英] 芭贝·柯尔/文·图
译者：曙光

69. 第五个——医生并不可怕

书名：第五个

作者：〔奥地利〕恩斯特·杨德尔　文
　　　〔德〕诺尔曼·荣格　图
译者：三禾
出版社：南海出版公司
出版年：2007
开本：16 开
ISBN：978-7-5442-4650-7

作者简介：

恩斯特·杨德尔（Ernst Jandl），1925 年生于奥地利维也纳，当代最著名的抒情诗人，其作品还被收录进中小学教材。曾荣获德国最具声望的文学大奖：各奥尔格-毕希纳奖以及奥地利国家图书奖、克莱斯特奖、法兰克福广播剧奖等各项影响力较大的文学奖项。

诺尔曼·荣格（Norman Junge），1938 年生于德国基尔，曾荣获特罗伊斯－多佛尔绘本奖。他和恩斯特·杨德尔合作的作品还有《越拉越高》及《对立者》等。

内容简介：

五个残缺不全的玩具在一间昏暗的房间里等待着。第一个没有了翅膀的小企鹅进去了，然后完整无缺地出来了；第二个少了一条腿的小鸡进去了，然后也完整无缺地出来了；第三个进去了，也完整无缺地出来了，跟着是第四个……排在第五个的小木偶越来越害怕，不知道门后面是什么。小木偶推开门一看，原来门后面是个亲切的医生，一点也不可怕。

社会评价：

荣获博洛尼最佳绘本大奖，德国最美的图书奖。

特点提示：

适合 3～6 岁亲子共读。

作者恩斯特·杨德尔用寥寥几十字形成了一种有节奏的重复，营造出一种紧张的气氛，并将这种气氛渐渐推向顶点。绘者用排列紧密的钢笔线条紧紧抓住了小读者的心，画面中冷暖色调的变化暗示着情节的起伏。

本书巧妙构思，设计出谜语般的故事，最后的答案令人会心一笑，幽默地反映出孩子怕见医生的普遍心理，帮助孩子克服对黑暗的恐惧。

相关书目：

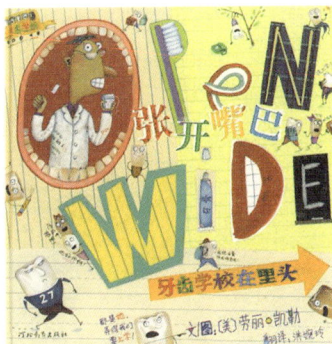

书名：张开嘴巴
作者：〔美〕劳丽·凯勤/文·图
译者：洪婉玲

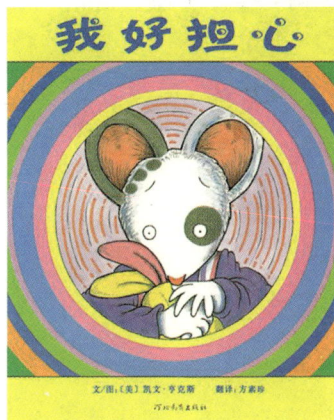

书名：我好担心
作者：〔美〕凯文·亨克斯/文·图
译者：方素珍

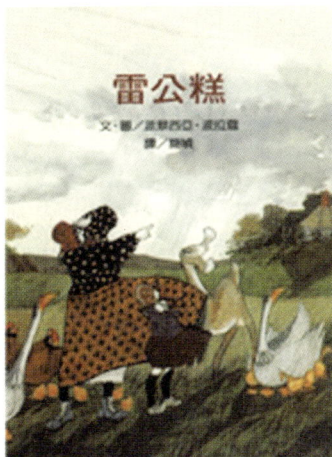

书名：雷公糕
作者：〔美〕派翠西亚·波拉寇/文·图
译者：简媜

70. 拔萝卜——团结力量大

书名：拔萝卜

作者：[俄] 阿·托尔斯泰
　　　[日] 内田莉莎子　文
　　　[日] 佐藤忠良　图
译者：朱自强
出版社：南海出版公司
出版年：2008
开本：16 开
ISBN：978-7-5442-4138-0

作者简介：

阿·托尔斯泰，俄国著名作家，代表作有《苦难的历程》、历史小说《彼得大帝》等。

内田莉莎子，1928 年出生于日本东京，毕业于日本早稻田大学俄语系。主要作品有《狐狸和老鼠》、《雪姑娘》、《玛莎和熊》、《宁静的物语》、《手套》、《面包渣和小恶魔》、《吃了，喝了，笑了》等。

佐藤忠良，1912 年出生于日本宫城县，1954 年获得第一届现代日本美术展奖，主要作品有《雪姑娘》、《树》等。

内容简介：

爷爷种了棵大萝卜，萝卜长得又大又甜。要收萝卜了，老爷爷用力拔呀、拔呀，就是拔不出这个大萝卜。老爷爷不得不找人来帮忙，他先找来了老奶奶，可还是拔不动；老奶奶又叫来了小孙女，还是拔不出来；小孙女又找来了小狗；小狗还找来了小猫；小猫也找来了小耗子，大家一起用力拔呀拔、拔呀拔，萝卜终于拔出来了。

社会评价：

俄罗斯民间故事《拔萝卜》是一个情节十分简单的故事，不过是大家一起用力拔一个特大的萝卜。虽然这个故事有时也被用来教育孩子要团结互助，但它却不仅是为了进行道德教育的故事。孩子的心情和这个故事的关系，在于看到这个从未见过的大萝卜时的惊奇，对怎样把它拔出来的兴趣，老爷爷、老奶奶、小孙女一个接一个却仍然拔不出来的悬念，还有小狗小猫甚至老鼠都出台来的幽默。这种幽默完全唤起了孩子的共鸣，是这个故事成功的关键。同时还有终于拔出萝卜的满足感。这本书是许多种《拔萝卜》中最好的一本。

——松居直

特点提示：

适合 3～6 岁亲子共读。

《拔萝卜》的故事大家耳熟能详。这本书中的人物形象与俄罗斯的当地风俗更为贴近。画面简单、干净，配以富有节奏的语言文字，使故事在反复中不失趣味。

相关书目：

书名：金钥匙
作者：[俄] 阿·托尔斯泰/文·图
译者：任溶溶

书名：我的手指不够用了
作者：[英] 费利西娅·劳　文
　　　[英] 迈克·斯普尔　图
译者：周懿行

书名：最好吃的蛋糕
作者：[意大利] 弗兰杰西卡·波丝卡　文
　　　[意大利] 朱里安诺·费瑞　图
译者：方素玲

从未见过的大萝卜时的惊奇，对怎样把它拔出来的兴趣，老爷爷、老奶奶、小孙女一个接一个却仍然拔不出来的悬念，还有小狗小猫甚至老鼠都出台来的幽默。这种幽默完全唤起了孩子的共鸣，是这个故事成功的关键。同时还有终于拔出萝卜的满足感。这本书是许多种《拔萝卜》中最好的一本。

——松居直

特点提示：

适合 3～6 岁亲子共读。

《拔萝卜》的故事大家耳熟能详。这本书中的人物形象与俄罗斯的当地风俗更为贴近。画面简单、干净，配以富有节奏的语言文字，使故事在反复中不失趣味。

相关书目：

书名：金钥匙
作者：[俄] 阿·托尔斯泰/文·图
译者：任溶溶

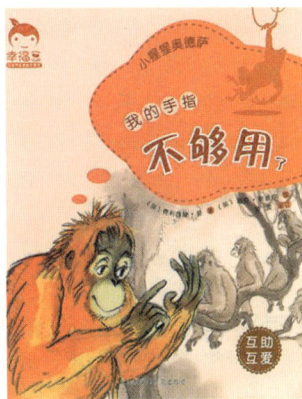

书名：我的手指不够用了
作者：[英] 费利西娅·劳　文
　　　[英] 迈克·斯普尔　图
译者：周懿行

书名：最好吃的蛋糕
作者：[意大利] 弗兰杰西卡·波丝卡　文
　　　[意大利] 朱里安诺·费瑞　图
译者：方素玲

北欧及其他国家　拔萝卜

图书在版编目（CIP）数据

经典图画书导读/周崇弘等编. —北京：中国人民大学出版社，2012.11
ISBN 978-7-300-16597-4

Ⅰ.①经… Ⅱ.①周… Ⅲ.①儿童文学-图画故事-文学欣赏-世界 Ⅳ.①I106.8

中国版本图书馆 CIP 数据核字（2012）第 257072 号

经典图画书导读

周崇弘　赖丽玮　林银兴　廖　瑜　编

Jingdian Tuhuashu Daodu

出版发行	中国人民大学出版社	
社　　址	北京中关村大街 31 号	邮政编码　100080
电　　话	010 - 62511242（总编室）	010 - 62511398（质管部）
	010 - 82501766（邮购部）	010 - 62514148（门市部）
	010 - 62515195（发行公司）	010 - 62515275（盗版举报）
网　　址	http://www.crup.com.cn	
	http://www.1kao.com.cn（中国 1 考网）	
经　　销	新华书店	
印　　刷	北京市易丰印刷有限责任公司	
规　　格	170 mm×240 mm　16 开本	版　次　2012 年 11 月第 1 版
印　　张	10	印　次　2012 年 11 月第 1 次印刷
字　　数	175 000	定　价　32.00 元